躲过雨的屋檐

DUOGUO YU DE WUYAN

校园名师文学创作经典系列

吴灿娜 著

天津出版传媒集团
百花文艺出版社

图书在版编目（CIP）数据

躲过雨的屋檐 / 吴灿娜著. -- 天津：百花文艺出版社，2025. 1. -- ISBN 978-7-5306-8959-2

Ⅰ. I267

中国国家版本馆CIP数据核字第2024JP5846号

躲过雨的屋檐

DUOGUO YU DE WUYAN

吴灿娜　著

出 版 人： 薛印胜
责任编辑： 王　欣　　**装帧设计：** 云上雅集
封面插图： 张艺嘉
出版发行： 百花文艺出版社
地址： 天津市和平区西康路35号　**邮编：** 300051
电话传真： +86-22-23332651（发行部）
+86-22-23332656（总编室）
+86-22-23332478（邮购部）
网址： http：//www.baihuawenyi.com
印刷： 长沙市精宏印务有限公司
开本： 710毫米 × 1000毫米　1/16
字数： 150千字
印张： 14
版次： 2025年1月第1版
印次： 2025年1月第1次印刷
定价： 69.00元

如有印装质量问题，请与长沙市精宏印务有限公司联系调换
地址：长沙市开福区德雅路1246号
电话：（0731）85817162
邮编：410023

清静恬淡的写作
——读吴灿娜散文有感

在20世纪80年代初起步的文学青年中，吴灿娜恐怕要算比较“懒散”的一位。

她二十来岁就开始发表作品，当时《中国青年报》还专文推介过，很是“火”过一把；可是她把这些看得很淡，似乎也没有好好把握这样的大好时机，依旧“隐居”于老家的乡村学校，教书，读书，间或也写点东西。这种远离世俗繁华、也无意于名利的写作心态，从她的散文随笔中不经意地流露出来，就形成了一种清微淡远的独特个性。

读到吴灿娜的散文《我们办公室的女人》《因为那丝淡淡的乡愁》和《寸草情》，才知道她之所以“懒散”的原因——她是一位非常敬业的教师，又是一位责任心极强的母亲，业余写作上的懈怠正是为了换取这两方面的称职。

而《男人上路》和《穿越青春的梦》中对已故父母溢于言表的哀思、怀念乃至愧疚，又可以看出她恬淡的表面下也有激情奔涌。

中国青年报 星期刊

1984年7月29日

·2· 1984年7月29日

文苑中的一朵小花

——记沧水铺乡青年业余文学创作组

在著名作家周立波的家乡——湖南省益阳县沧水铺乡，活跃着一支青年业余文学创作新军。组员刚好一桌——八个人，都是二十岁左右的姑娘和小伙。这一伙洗脚乱跑、两脚沾满泥巴的年轻人，条条是生产能手，握笔能写书。他们用双手建设家乡，也用双手描绘家乡，赞颂一代具有社会主义时代精神的新农民。一九八一年以来，这个业余文学创作组在地区以上报纸杂志上发表了小说、散文五十多篇，成为益阳地区群众性文艺创作的先进单位。

沧水铺乡业余文学创作组的成员家有父老兄妹，有责任田土，担负着持家立业之重任。白天要从事农业劳动，写作时间只能来自劳动之余。所以他们说："我们的写作时间，是象串珍珠一样，一段一段串起来的。"雷得高全家九口，他是主要劳动力。但繁重的家庭负担没有影响他对文学的追求和爱好。他白天下地劳动，晚上在煤油灯下写作，经常通宵达旦。他不论是出差办事，还是探亲访友，口袋里都装着书、笔和笔记本。走到哪，学到哪，写到哪。雷得高含辛茹苦地坚持写作，终于取得了可喜的成绩。八一年以来，他在《解放军报》、《湖南日报》、《湘江文学》、《芙蓉》等报纸杂志发表小说、散文二十多篇。他的短篇小说《盘算老倌》获《湖南日报》文学创作一等奖。他还被中国作家协会湖南分会吸收为会员。

"天才来自勤奋"。沧水铺乡业余文学创作组，人人牢记这一敲开文学大门的秘诀。灵宝山村二十岁的女青年吴灿娜，前年高考落选回乡后，每天干完自家的农活，就躲进屋内啃书本，搞创作，把一个少女的心血全部倾注给了文学事业。尽管作品寄出后被不断地退了回来，可是倔强的小吴没有气馁，她把自己写的作品同报刊上发表的类似作品进行对照分析，找自己作品不成功的原因，并虚心地向同志们请教，不厌其烦地反复修改自己的作品。去年初，她写的短篇小说《嗒支书》先后三次寄给报刊都退回来后，仍不泄气，再次请来创作组的同志，"会诊"自己的作品，并把作品拿给本村的干部社员看。她根据大家的意见，作了一次大修改，直到大家看了都满意后，才寄给一家杂志，终于被刊用。三年来，她在地区以上报纸杂志发表了小说、散文八篇，成为益阳地区农村女青年自学成材的典型。

沧水铺乡业余文学创作组象一朵无名小花开放在社会主义文艺百花园里，根植于水乡的沃土之中，以其浓郁的生活气息，为繁荣社会主义文学事业吐露芬芳。这些小伙子和姑娘们决心用自己的双手把家乡建设得如花似锦，并用双手描绘家乡象花一样的生活。

◎《中国青年报》对作者的报道

《触摸烂泥湖》在这个小集子里要算"另类"，她写了小时候一次"替父从征"的经历，真实而诙谐，没有对孩子的行为作人为的拔高，却通过儿童的视角讴歌了烂泥湖生态治理的浩大工程，以及建设者（乡村民工）们在艰苦条件下乐观豪迈的奋斗精神。

回头再看集子的标题《躲过雨的屋檐》，忽而觉得这是作者对自己业余写作的概括——生活未必事事如意，有阳光也有风雨；而写作，对于一个自幼痴迷于文学，却又一贯从容淡定的写作者，恰似一片躲雨的屋檐，一个抚慰自我心灵的港湾……

我于是知道，吴灿娜还会写下去的——读书与写作，早已成为她的生活常态。

牧　铃

2024年4月10日

目录 CONTENTS

穿越青春的梦

今天，是一年一度的高考日。虽然我家离那段走在刀刃上的日子，已经过去多年了，但我还是特别关注这个系着千万人梦想的日子。

早上起来，打开电脑，看到女儿一段用繁体字发的微博，字里行间流露出的不舍和向往，让我看到了女儿的另一个梦。

女儿如是说："往年每到这几日，便会梦见身在考场，几乎都是差不多的场景情节：满满的考卷，只字不会答，做也做不完，抄也抄不来。昨晚竟有了新剧情：毕业离开学校，收拾桌子走人。书啊笔啊一样接一样，怎么收也收不完。学弟妹都走进教室来坐下了，我还没收完，新老师都来了开讲了，我还没收完（大概我从来不曾愿意离开学校）。"

考试的梦，每个读书人都做过不止一次。而女儿昨晚的梦，不是每个读书人都曾有过的，收听到女儿的梦，我的心有丝隐隐的痛，她后面括号里的那句话，才是她藏在心里的梦。

去年，女儿从意大利赶回中国人民大学参加毕业旅行。毕业典礼

◎ 女儿毕业了还“赖”在图书馆不想离开

结束后，过了很多很多天，都没有看到她准备回家的迹象，我就打电话给她，问她在干什么，她像往常接我电话一样，压低声音说，她在图书馆看书。

我说："你论文答辩已经过了，应聘简历也做好了，还歪在图书馆干吗呀。"她说："我现在特别想在图书馆多待一会儿，只要离开学校，我就再没有资格坐在这个图书馆看书了。"

我听懂了女儿的话。她是我的女儿，她像我，她喜欢读书，她想读博，她还想出国深造。我也明白，只要她努力，她的梦唾手可得，因为现在的社会好，大环境适合他们成长。但我不想她出国，不想她这首婉约风格的唐诗宋词迟早被译成惠特曼式的自由体诗，我怕她出去了就不想再回来，我不想她离我太远。

其实我何尝不想女儿展翅高飞，实现她的梦。记得几年前，女儿去北京，参加中国人民大学的研究生招考复试，我的同学到机场接她时对她说的一句话，你妈妈当年的梦，要在你的身上实现了。

这能扯到一起吗？我们和他们，完全不同的两代人，青春绽放在两个不同的世纪，给人的感觉是那样天渊悬殊。我们生在那样难忘的岁月，空有一腔热血，只能成为空有理想的追梦人。

记得当年外婆跟我说，小时候的我很漂亮，穿着姑妈和表姨妈从很远很远的大城市寄来的公主裙，俨然一个美丽的白雪公主，我也不愿脱下那些漂亮的衣裙，我不愿意穿得和村里的那些女孩子一个模样。

但我很喜欢和他们一起玩，提着篮子到野外打猪草，猪草打满篮后，我们就可以在一起尽情地玩耍，扮新娘、跳房子、办饭饭席……我们玩得最多的还是办饭饭席，也许是因为我们的肚子饿，那时我们的梦想就是能够吃饱饭。

稍大一点后，我开始有了少女的羞涩，当村里的孩子常常闯进别人家的菜园子偷黄瓜吃时，我却不敢和他们一起进菜园子，连躲在菜园子外帮他们望风，我都不敢。我却很乐意歪在外婆的灶膛下，一边往灶台里塞柴，一边看书。

首先看的是一些花卉杂志和电影画报，那美丽的图片，让我爱不释手。

大一点后，我开始喜欢阅读童话故事了，张天翼的《大林和小林》《宝葫芦的秘密》，安徒生的《海的女儿》《小克劳斯和大克劳斯》，格林兄弟的《白雪公主》《青蛙王子》……看了一篇又一篇，看了一本又一本，当时觉得母亲真的神通广大，经常变戏法似的，偷偷地，不知从哪儿弄来那么多的书给我看。

后来才知道，外婆家房顶的小阁楼，有个秘密宝库，那里藏着我父亲的全部家当，外婆曾经经常埋怨父亲，在那样物资匮乏的日子里，父亲不管吃不管穿，每月的工资就用来买这些书。

当时，我母亲为了保住这些书，躲在狭窄的阁楼，小心翼翼地把每本书的原本封面都撕掉，换上别的封面，才让这些书得以保存下来。

那时候的我，最喜欢的事就是看书，走路看书，吃饭看书，帮外婆烧饭我都揣着一本书。我想读很多书，我想成为一个大学生，能在象牙塔里啃书，我认为那是世界上最美最美的事情。

然而，因为诸多的历史缘由，我被拒绝在学校的门外，我没有资格上初中，上高中，更不要说令人向往的大学了。在茫茫的苍天之下，贫瘠的黄土地上，我感觉有种叫天天不应、喊地地无声的绝望，失去梦想的我，只有在梦里苦苦地期盼，期盼有朝一日，有一个白马王子会来搭救我。

白马王子没有等到，渐渐长大的我，只得把自己紧紧包裹起来。劳作之余，我静静地躲进了小阁楼，里面那些大部头名著拥抱着我，《红与黑》《战争与和平》《静静的顿河》《呼啸山庄》《安娜·卡列尼娜》《包法利夫人》《悲惨世界》《飘》……

我和妈妈都把它们称为“枕头”，我疲惫的身心在这些“枕头”上得以少许栖息，青春也静静地在这净化了的空间自然萌动。

到了别人上大学的年龄，我终于拿着第一篇发表小说的稿费，走进了高中校门，交了学费，圆了我的中学梦。后来的大学虽不尽如人意，但总算赶上了春暖花开的日子，没有成为时代的弃儿。

我开始起劲地写作，决意向神圣的文学殿堂迈进。

到了谈婚论嫁的年龄，妈妈开始着急了，同龄人有的都已经做妈妈了，我却好像还情窦未开，这不会成为一个老姑娘吗？那时还没有“剩女”的说法。我的理想远大着呢，“燕雀焉知鸿鹄之志”。成名后，还怕找不到我的白马王子？当然，当时的我没有把自己的梦告诉妈妈。

自然造化，王子出现了，虽然不是骑着白马翩翩而来，也没有童话中的那么英俊高大，动人心怀，但他的突然到来，还是打乱了我向梦想进军的步伐。

他开始关心我的生活，经常帮我誊写稿子，那个时候没有电脑，修改后的稿子要誊写，是个很艰巨的工作。难得的周末，他会骑着那辆烂单车来看我，如果碰上我正赶稿子，他就会静静地坐在我的身边，等我的初稿出来，立即帮我誊写。他体贴我，他心疼我，他说他爱我，我相信了，我也感受到了。

但我知道这是个“陷阱”。

果然，时间久了，他不再坐在书桌前陪我了，不是要我停下笔来听他聊他们单位那些小事情，就是抢掉我的钢笔，要我陪他一起去看电影，要不就用单车驮着我到田间渠道上瞎转悠。奇怪，我似乎并不反感，我们在一起很轻松，很惬意，除了文学创作，我们似乎有很多聊得来的话题。每周不在一起的那几天，有点让人魂不守舍，日子难挨。

我记得有谁这样说过，当你终于因为现实比梦境更美而无法入睡时，你恋爱了。我明白，我没救了。渐渐地，我好像觉得文学创作并不是我生命的全部了，当他说他爸爸妈妈想要我们订婚时，我就坐着他的单车去了他家，见了他七大姑八大姨那一大家子亲戚。当他说，他爸爸妈妈想我们结婚时，我竟说服我的家人，陪我一同去参加了那次，在当时当地算是最隆重浩大的一场婚礼。

当时我颇显茫然，爱还没爱够，我怎么就走程序了呢？一切都像做梦一样，但又好像觉得，这并不是我的梦。

当我看到一同成长的那些文学爱好者，陆陆续续有作品发表时，我总是躲开老公的视线暗自心伤，梦想的失落，伴随我日渐隆起的腹部，让我伤感。特别是那天课堂上，一个平时很老实的男孩子，突然站起来大声说，看咯，老师肚子里有“毛毛”了！在孩子们的哄堂大笑中，我跑进休息室，关起门窗，放声大哭了一场。

我在无名委屈的哭声中，告别了我五彩斑斓的文学梦。

不久，我们的孩子出生了，那白嫩的肌肤、那稚嫩的哭声、那小生命身上的每点每滴都那么诱人，让人心疼。

我感觉自己是多么幸福，多么兴奋。我那么想去爱，爱孩子，爱丈夫，爱家，爱课堂里的学生，爱社会上的亲人和朋友。这种感受是那么真切，那么强烈，这不就是一个女人毕生的希望和梦想吗！

人们都说，女人像水，看你将其盛到什么容器中。如果女人置身于交响乐厅，沉醉其中，她有可能成为隽永的抒情诗；而如果抱着刚满月的孩子，又有做不完的家务，那她便成了流水账似的散文，甚至鸡零狗碎的小品了。

我这才知道，一个真正的女人，为了家，为了她爱的人，可以搁置自己的理想，放弃自己的爱好，牺牲自己的休息时间，付出最大的努力，侍奉公婆，扶持丈夫，抚养孩子，把生活的水酒酿得绵软清香，让柴米油盐搅出浓情和浪漫。

有了孩子的我，不再吟咏那花前月下的情诗，也没工夫去想那些节奏舒缓而意韵悠长的散文，用老公的话说，我完全变成了一篇应用文，把家弄得妥帖舒适的应用文。

初为人母的我，一心只盼着孩子满月，自己能下床自由哺乳；继而又希望孩子早点说话，早点走路，自己可以空出手来休息一会儿；接着希望孩子能上幼儿园就好了，空闲下来可以料理一下家务，做做自己想做的事情；上小学的时候希望她快点升初中，读初中时又希望她能顺利进高中；读了高中又盼着考上大学；读完大学又希望找个好工作；刚找到工作，又盼望孩子找个好对象……

在盼着望着的日子里，和老公的爱情变成了亲情，儿时的梦想也变成了现实（我的作家梦除外），孩子也终于学业有成，长大成才，最重要的是我和老公都很自恋，总认为自己还青春依在。

当那天女儿打电话来，问益阳的天气怎样时，正在一边散步一边自拍的老夫妻，第一时间就把照片传了过去。女儿说，没想到离开家乡才两年时间，益阳发生了这么大的变化，还大力夸赞老爸的摄影技术大有长进，还命令我，一定得为她老爸的摄影作品配篇美文。

我知道，女儿是委婉地希望我，重新拾起青春的梦。

其实我的经历就是我梦想的过程，从小到大，每个人的梦都离不开时代的烙印，而每个人的梦都是这样平凡而真实，吃饱饭，上好学，干好工作，养好家。家和了，社会就安定了，社会繁荣，国家就强盛，国家强盛，老百姓就安居乐业。这，不就是我们孜孜以求的梦吗！

我感谢女儿没有质问我，为什么一定要她回国，不放手让她去追她的梦；我感谢老公用爱教我简单的生活，帮我完成了一个女人的梦。

因为那丝淡淡的乡愁

女儿在意大利的那两年，我一直担心着。担心她吃不惯，担心她睡不好，担心她水土不服，其实最担心的，是怕她在那边恋爱，给我们找个鹰钩鼻子叽里呱啦的郎牯子，然后待在欧洲不回来了。这种担忧让人很煎熬，甚至比她在天上飞的那个晚上还难熬。

去意大利前，女儿匆匆回了趟家，轻描淡写和我们聊了聊她去意大利的必须，听得出那是她的向往。第二天就踏上了去北京的火车，再由北京飞意大利。她上火车后，我和她爸，像以往每次送站一样，站在站台上，盯着她座位的窗口，等着她那暖暖的、揪心的开车前的道别。但这次，直到火车开动了，我们追着火车跑了几步，也没有看到那甜甜的挥手和飞吻。

这没良心的，就那么想飞出去，连爸妈都不瞧一眼？她爸拍了拍我的肩，谁都说不出话来，牵手走出了益阳火车站。

后来在她的日志里看到她这样写着："我坐在去北京的列车上，眼睛不敢望窗外的父母，耳朵里面一片轰鸣，这轰鸣转化成一些东西在我的脸上开始流动，怎么擦也擦不完，最后放肆成一片嗷嗷大哭。”

一个没有出过国门的女孩，独自一人拖着两个超大的行李箱，去到欧洲那个陌生的世界，我们关心不到她一星半点儿，一路上，也没有人能帮助到她。她不敢让我们担忧，在我们面前装得若无其事，但走进车厢，在火车开动的那一刻，她再也无法控制自己的情绪，号啕大哭的她怎么能趴在车窗口跟我们微笑道别？

◎ 女儿在孔子学院当汉语老师

我整夜未眠。外面寒风凛冽。

无法忘记那个夜晚，我的女儿独自一人，在漆黑的凌晨三点，拖着巨大的行李箱，登上飞往欧罗巴的航班。经历十三个多小时的航程，跨越上万公里的土地，去到她向往已久的博洛尼亚那座未知的城市。那里拥有博洛尼亚的第一所孔子学院，而她，将成为那里的第一个汉语老师。

我一清早就打开电视，追看国际新闻，看昨晚有没有哪里发生空难事件，直到收到一个0039开头的电话信息："爸妈，我已安全落地。"我和她爸才把心放回原处。紧张疲惫的她知道我们担心，顾不得歇口气，赶紧借前来接机的博洛尼亚孔子学院的外方院长的手机，给我们报个平安。

她说她在寻求一种生活。它比什么都好，好过苏打水、去痛片和安眠药丸，好过失眠的床头灯，好过爸爸盘子里的酱油炒饭，好过妈妈罐子里头的当归鸡蛋，好过还没有来得及筹划的离别派对，好过走之前你没有看到的我的眼神，好过那些低调乐队，好过闺蜜唇边的口红，好过曾经错失的拥抱。

接下来的日子，她除了紧张忙碌的学习和工作之外，好多时间我发现她都在各个美丽的城市里穿梭，夜晚的埃菲尔铁塔、阳光下的圣心教堂、荷兰的风车、梵高博物馆的《向日葵》、傍晚的莱茵河、美妙绝伦的卢浮宫……惬意之极，溢于言表。

她强烈要求我和她爸一定得去欧洲看看，一张签证，能玩遍所有申根国家。我们说她看了就行，多拍些照片发过来，回来再给我们美美地描述描述。她说，只有亲眼看到了，你才知道它们有多美。她说，她可以抽时间陪我们到处看看，领略一下欧洲人生活的优雅。她可以做陪同、翻译、导游、后勤部长，如此之天时地利人和。

但我们没有去：没那么多钱，请不了那么长的假，吃不惯那里的食物……我们列出诸多的拒绝理由。其实，我们是怕去了以后，再也找不出理直气壮要她回来的理由。

我一个朋友的女儿在美国恋爱了，他们两口子意志坚定地跑到美国，一定要把女儿从美国男孩的手里拽回来。结果，一下飞机，接机的男孩就用蹩脚的中文说道："亲爱的叔叔阿姨，我是凯文，我有什么什么缺点，你们喜欢我吗？”

没想到两口子同时喜欢上了这个美国男孩，根本没有去找拒绝的理由。现在女儿在美国定居了，今天发短信说，想吃妈妈做的卜豆角炒肉，明天又来电话，说想吃妈妈做的红薯叶煮鱼，每次都带着哭腔说她想妈妈了。但是，有什么办法呢？要是在国内，我们做父母的都会想方设法地去满足女儿这点小小的要求，现在可是隔着千山万水啊。

我就想趁女儿还没恋爱，赶紧把她叫回来。我不想自己辛辛苦苦培养了二十多年的女儿嫁个外国人，留在外国工作，为外国人服务，替外国人作贡献。于是，我找了一大堆的理由，催女儿回国，甚至还下了最后通牒：只要你不怕你老妈高血压中风，有本事你就不回。

女儿真的没有续签，被我吓得乖乖地回来了。回国后，考了个专业不怎么对口，但自己比较喜欢的工作，找了个东北男孩，在北京安家了。

好长一段时间，我很是内疚，我是不是太自私了。好多父母不惜倾家荡产送子女去国外深造、定居，我却把女儿自己努力获得的大好发展机会强行剥夺。

我甚至一直纠结，该不该在新婚的女婿面前炫耀一下自己的功劳，要不是我强行把女儿从意大利拽回来，你哪有机会得到这么优秀的女孩，娶到这么漂亮的妻子。哈哈，但凡母亲，大概都是这样看自己女儿的吧。

直到今年国庆，我才突然知道，女儿并不是被我吓回来的，她放弃国外大好的发展机会而回国，根本不是我的功劳。

那天，小两口风尘仆仆地回到益阳，女儿进门的第一句话就是：

“妈，我要喝姜盐茶！”

女儿从小就喜欢喝茶，而且喜欢吃掉茶杯里泡剩的茶叶和姜。

记得她小时候，在她乡下爷爷家，每次家里来了客人，她爷爷总是热情地搬出乡下人喜欢坐的那种靠背椅子，奶奶则客气地递上一杯热腾腾的姜盐茶，有时，姜盐茶里还放点芝麻豆子，格外喷香。客人几个，有时一字儿排开，有时一圈儿围坐，跷着个二郎腿，慢慢地喝着茶，聊着天。没有茶儿，乡下人就习惯把茶杯放在自己坐着的椅子后侧的地面，这样既方便端起茶杯来喝，也不至于自己的脚不小心踹倒茶杯。

每当这时，才刚会走路的女儿，就会噔噔噔地走到客人的椅子背后，很自然地端起客人的茶杯，往嘴上扣，然后用那什么都摸过的胖嘟嘟的脏手，把客人茶杯里剩下的茶叶、姜、芝麻、豆子都掏出来往嘴里塞，有些客人的茶还没喝完，那剩下的茶水，就顺势流进了女儿

◎ 东方树叶盛在西方酒杯里

胸前的衣服里，然而，她全然不顾，满足地吧唧着嘴，噔噔噔地走开了，过一会儿，她又走到了另一把椅子背后，开始端起另一只茶杯，悄悄地、笑眯眯地，乐此不疲。

还有些客人说着说着又觉着口渴了，转身弯腰端起茶杯，却发现杯子里什么都没有了，还以为原来是自己喝完了，爷爷见状，只得叫奶奶赶紧添茶。

长大后，女儿一直喜欢喝茶，而且对手工揉制的、有丝淡淡烟熏味的益阳乡村绿茶，情有独钟。不管在哪儿上学，她都要带上家乡的茶叶，她说，世界上也只有这种茶，不但能喝，还能吃。那次去意大利，她就带了满满的一大包。

在意大利的日子，女儿的生活忙碌而充实。孔子课堂里20多个孩子，个个精灵古怪，洋气率性，男生个个比她高，女生也都比她成熟，这个在讲台上用英语做着自我介绍的老师，比起来倒更像是一个学生。

春节将至，从未离开过父母的女儿，第一次要一个人在国外过年了。一大早，她笨拙地踩着梯子，给孔院办公室大门张贴上自己写的红火春联，除夕当晚，吃过自己煮的速冻饺子后，换上美美的旗袍，在布置得有点土洋结合的教室里，女儿一曲美丽的《茉莉花》，揭开了异国他乡的春晚序幕，她带着学生们又歌又舞，过了一个远离中国的中国年。

她为学生煮了咖啡，准备了甜点，却为自己泡了一杯从益阳家乡带去的绿茶。顿时，清香缭绕，喝着茶，慢慢地嚼着茶叶，整个人沉浸在一阵难以名状的思绪之中。热闹中的孩子们又在偷偷地笑，老师又在吃东方树叶了。

这些西方的孩子怎么也弄不明白，他们的老师为什么不喝咖啡，

◎ 女儿与热爱汉语的老外聊得正嗨

而那么喜欢喝那些树叶泡的水，还喜欢把那些树叶嚼着嚼着吞进肚子里，真是神奇。

孩子们还在孔子课堂新闻发布会上，神奇地发现，平日里穿着休闲的老师，一身正装，一脸灿烂地面对媒体，如数家珍，娓娓道来，演说着中华文化五千年的悠久灿烂。

春天接近尾声之时，汉语桥比赛也拉开了帷幕。博洛尼亚的汉语教育事业才刚起步，尚无可以选派的学生选手。但女儿依然幸运地获准带领孔子课堂的孩子们去米兰观摩比赛。一路上学生们既紧张又兴奋，叽叽喳喳地说个不停。可是一到比赛现场立马安静，唱民歌的、打太极的、诵诗经的、写书法的，各种才艺让他们目瞪口呆。接着又带学生去看国粹苑的中华传统艺术巡展，年轻和年老的艺术家们纷至

CRONACA DI BOLOGNA 9

Più residenti

Per la prima volta l'Istituto Confucio organizza una festa per gli studenti dei suoi corsi di lingua

Oggi si celebra il Capodanno cinese

Si entra nel segno del "Coniglio". Festa in diversi punti della città

◎ 在意大利从事汉语教育的女儿上了当地报纸头条

沓来，让对中国传统文化颇感兴趣的意大利人目不暇接、大开眼界。

那天，坐在博洛尼亚大学歌剧院的前排，当中国人民大学合唱团演唱的《我和我的祖国》的歌声响起，女儿更是心潮澎湃，激动万分。中国人民大学是她的母校，中国人民大学合唱团是世界有名的合唱团，那亲切激昂的歌声，让每一个在座的中国人无比激动，泪流满面：

> 我和我的祖国，一刻也不能分割，
> 无论我走到哪里，都流出一首赞歌……
> ……袅袅炊烟，小小村落，路上一道辙……

她强烈地感觉到，自己开始重新向往祖国的博大辽阔，向往家乡的秋高气爽，向往乡情、乡俗、乡音……一如曾经向往着美食之都罗马、浪漫水城威尼斯、购物天堂米兰、巴洛克式佛罗伦萨、爱情圣城维罗纳，以及音乐之城博洛尼亚。

人生的路途，不是一直到底的，时有常亦无常，摇荡如钟摆，每个人都做着不同的抉择。汉语教师志愿者这个微末而重要的角色，对此刻的女儿就是那朵娇然称艳的花，她心甘情愿，依然不悔。

有一天，一个男生终于发现，他们的老师有好多天没有吃东方树叶了。女儿告诉他们，老师带来的东方树叶吃完了。

孩子们关切地问道："老师，你是不是要回中国去摘东方树叶了？"

"老师，你是想家了吗？"

"老师，我们以后可以去中国看你吗？"

女儿流着眼泪回答她的学生："当然，老师随时欢迎你们去中国，去北京，去我的家乡湖南益阳，那里有美丽的江南山水，有感人的民俗民风，有亲切好客的乡里乡亲，我带你们去品尝益阳的民间小吃，去采摘神奇的东方树叶，去喝香喷喷的芝麻豆子姜盐茶……"

东方之东有日出，西方之西有海洋。怀揣着一个国际汉语教育工作者的梦想，女儿在意大利那片美丽的土地上，经历了一个完整的四季，终于回到了祖国。没等她的学生在汉语桥比赛上的激昂独白，没等博洛尼亚的下一个白雪皑皑的季节，她已经按捺不住思乡的心动。

因为那神奇的东方树叶，因为那丝淡淡的乡愁。

男人上路

父亲又旅游去了。

这次他要去一个很远很远的地方，除了他的满腹经纶，没有带一点东西上路。临行前只问了我丈夫一句“南京是不是有个栖霞寺”，当我丈夫回答南京确实是有个栖霞寺后，父亲似乎很大度地说了句“既然真的有，那我就不跟他们一般见识了”。

然后他安详地走了，在一个北风刺骨的寒冷的冬天。

旅游是父亲的最爱，在我的印象中，每年的假期他都要出去旅游，不管家里有多忙，也不管发生什么事，都不会动摇他出去旅游的念头。

记得那是1984年的夏天，眼看只有一周就要放暑假了，周六我从学校骑单车回家的路上，不幸发生了车祸，汽车撞倒我后，连单车带人把我拖了四米多远，然后一个轮胎停在了我的左胸侧，我被轧断了三根肋骨，肺部形成气胸，情况相当危险。

送进医院后，学校同事、学生、亲戚、朋友，好多人来看我，放暑假了，父亲在医院陪了我几天后，他还是按原计划，头也不回地去了西双版纳。

父亲扔下我不管了，我当时非常难过，暗暗发誓，以后我再也不理他了。

半个月后，父亲风尘仆仆地走进了我的病房，我突然想哭，但坚强得没有哭出声来。只见父亲迫不及待地从旅行包里掏出一个菠萝来，要妈妈赶紧削给我吃。

妈妈说："这么远，又这么热的天，你背这样个的刺陀陀干吗呀？"

父亲说："这是热带水果，灿儿没吃过的，让她尝尝鲜。"

说老实话，在那个年代，莫说是吃，我见都见得很少，口里不说，心里还真的很想吃了。可妈妈拿着那刺陀陀却不知从哪儿下手，靠在窗前削了半天，最后还是把手指削破了，菠萝也从窗口掉下去了。

妈妈内疚极了，要下楼去捡，父亲一把拖住准备出门的妈妈，说："我去捡。"这可是在五楼啊。这时我想叫住他，想说"我不想吃了"，但终究没有开口，望着转过身去的父亲，我突然想起了朱自清的《背影》。

父亲英俊帅气，一米七八的个头，挺拔的身材，眉宇间透露出那种知识分子特有的迂直、隽秀，就是上了年纪也还看得出是个美男子。

他说得一口流利的英语和俄语，写得一手好文章，能弹钢琴，会拉小提琴，在还没有电脑的时代，他手工制作出来的美术字和剪纸，经常出现在一些重大的场合，博得人们的赞赏。

父亲是中国作协会员，也是我们这一带最早使用电脑的，20世纪80年代，他就用电脑写作了，发表了很多作品，出了十多本集子。

病魔缠身以后，本来就有帕金森病的父亲，手抖得更厉害了，吃饭时，颤抖的勺子会在碗边上叮叮当当敲个不停，他调侃自己："演奏

◎ 父亲英俊帅气，一米七八的个头，挺拔的身材，眉宇间透露出那种知识分子特有的迂直、隽秀，就是上了年纪也还看得出是个美男子

又开始啦。”

因此，他也很少到别人家做客了，包括女儿家都很少来了，他说一是因为吃饭时叮叮当当地敲碗，不雅；二是女儿家住得太高，难爬。当然，写作也越来越艰难了，键盘基本上不能敲了。

但那次为了完成“庆祝抗战胜利六十周年”的一篇约稿，他拄着拐杖，颤颤巍巍地爬到住在四楼的我的家里，要我帮他敲键盘，他口述，爷儿俩很快完成了那篇名叫《漫卷诗书喜欲狂》的散文。听着那些撞击心灵的词句，滔滔不绝从父亲嘴里流淌出来，我是那样的兴奋，键盘都敲得比以往更轻快，更流畅，那是我第一次真正领略父亲的才华。

才华横溢的父亲曾是雅礼中学的高材生，本来要和他的几个同学一起去俄国留学的，但因为家庭人口太多，经济特困难，爷爷奶奶希望父亲早点参加工作，分担家里的负担，没有办法，父亲只得牵着他的一长串弟妹，随着我爷爷的工作调动，来到了益阳。

因此，当他的同学在世界各地施展才华的时候，他就在益阳这个小地方（当时的确是个很小很小的地方）当了一名中学老师。

爷爷奶奶把我父亲和大姑扔在益阳后，没多久又带着我的那些姑姑叔叔去别的地方工作了，而且好像再也没有过问过他。这时，父亲爱上了我母亲，他们于动荡中组成了家庭，再后来就有了我的两个弟弟。

那段时间我们家过的是什么日子，是可想而知的。我发现母亲一个人偷偷地以泪洗面，也察觉到父亲对家庭责任无措无奈的无力。特殊年代的特定的伤与痛，总是不吝施加于我的家族之上。

但到了晚上，在昏暗的煤油灯下的一家人，是自由和开心的，我们趴在父亲的膝盖上，可以奢侈地听到很多很多美妙的闻所未闻的稀奇事，什么埃及金字塔、威尼斯水上城市，什么冰上双人舞、单人皮划艇，什么丁香花、蓝玫瑰……

以至于我们姐弟仨，第二天跑到山上，对着满山的野枳木花激动地欢呼："哈，好多丁香花，好美的丁香花啊！"这时父亲会开心地叫我们"无知的小屁股"。

每当晚上父亲给我们讲故事的时候，母亲就会蹲在旁边整理那些她偷偷保留下来的书籍，那是父亲的全部家产，为了保住它们，尽量少让抄家的把它们当毒草销毁，妈妈不知道折腾了多少次了，她把那些书的封面撕下来，再换上一个"没有毒"的假封面，把巴金的激流三部曲换成了《农机修理》《电工手册》和《服装裁剪》，把《巴黎圣母院》的封面换成了《趣味昆虫学》，把《茶花女》换成了《代数》……

好多好多的书，经过这样的"艺术加工"后，都躲过了"造反派"的搜索，得以保全下来。父亲很欣赏母亲的做法。

等我们慢慢长大，看到这些面目全非的书时，我们是那样的兴奋和激动，就像是一棵棵久旱的禾苗遇到了甘霖，在书籍的海洋里贪婪地吸吮知识的养分，从《海底两万里》到《鲁滨孙漂流记》，从《静静的顿河》到《钢铁是怎样炼成的》……

在书本的滋养下我们也慢慢地长大了，长得好艰难，也伴随着许许多多的惊喜和幸福。

后来，我悄悄地问妈妈："你后悔嫁给爸爸吗？"妈妈毫不犹豫地回答说："不后悔，我还要感谢他，是你父亲让我拥有了你们，三个冰雪聪明的孩子。"

每个母亲都认为自己的孩子聪明，不过我的两个弟弟的确都是品学兼优的小帅哥。但在两个弟弟前后填报志愿的时候，父亲坚持只准他们报考师范类，父亲坚持的结果，是我们一家后来有了一屋子的教书匠。

父亲算得上一名优秀的教师，他教过语文、英语、音乐、地理……他的语文课上得文采飞扬，英语口语优雅地道，当年的中学音乐课上他是唯一坚持教学生们五线谱的……同学们反映：听他的地理课是一种享受——简直是跟老师在世界各地观光旅游啊。

《国家地理杂志（英文版）》一直是他订报刊资料的首选。他还是“中国UFO协会”的会员，天文地理百晓通，过目不忘。当年在生产队劳动改造时，他经常受到批评，因为他不但自己不擅长农活，还喜欢在劳动时天南地北眉飞色舞地侃，招得其他人听入了迷，忘了手中的农活。

父亲的地理课，更是深入浅出，信手拈来，每堂课都是随手在黑板上画各国地图，极尽形备，讲台下一片惊叹声，学生都称他是“活地图”。凡是听过父亲的课的人，没有不喜欢的，都说“那个时候吴老师对我们就是进行的素质教育”“那才是真正的素质教育”。

“活地图”居然会不知道南京的栖霞寺？“不跟他们计较了”又是什么意思？是神游梦境的再现，还是灵魂的超脱？

看着安睡在病床上的父亲，我和两个弟弟都明白，父亲这次真的是要扔下我们了。

三个小时前，他在儿子和女婿面前一个劲地撒娇提要求，要他们抱着侧翻身，一会儿左边，一会儿右边，要不停地揉这儿揉那儿，同时，很平静地叙说着我们小时候的一些趣事：说我大弟弟很小的时候

◎ 父亲在教学楼顶拉奏他的诗和远方

会趁人不注意时，把红薯藤上那一条条绿茸茸胖乎乎的大虫藏进口袋，妈妈洗衣时经常被吓得大叫；父母亲带着我们去走亲戚，挑着一担箩筐，一头是走人家必需的进门彩，如红薯片、萝卜丝、乡里腊肉、手工布鞋之类，另外一头就把小弟弟放在箩筐里（一可以做平衡的秤砣，二可以省却大人抱着走路的辛苦，第三点最为重要，满足小弟弟对身躯被动位移的痴迷），但他胆子极小，只要有汽车从旁边经过时，就会被吓得丢魂般地颤抖，因此，我和大弟弟每次都会跑到箩筐的两侧，一人拉住小弟弟的一只手，这时小弟弟就不抖了，还会对我们甜甜地笑，笑得好漂亮。

父亲说："那时你妈妈好美，她本应该得到世界上一切最好的东西，但我没有能力给她，你们有能力给，但她没有等你们，你妈妈走了十四年了，她在等我……"

突然，父亲一只手紧紧抓住我的手，抓得死死的，紧得让我恐慌，我紧张得想告诉弟弟们我当时的感受时，父亲又说话了："灿娜，我今天晚上会死。希望你原谅我。"稍停，又重复了一句："我今天晚上会死。"

我不知道父亲的"原谅"所指什么，但连续两句说得我们心头战栗，我们一个劲地安慰他，又急忙喊来了医生护士。

一病房的医生护士，在父亲身边检查折腾了好一阵子，医师说还好，脉搏正常，血压正常，心律也正常。但我们都心知肚明，这只是暂时的正常，进院的时候，医生就说了，这个病已经没有回路。

父亲得的是糖尿病，十多年了。发现确诊病情的时候父亲还没退休，母亲也还十分健康，当时母亲想尽一切办法照顾父亲，搞这样那样的食疗和单方给父亲吃，看着儿女们买回去的各种各样的食品，父亲馋极了，母亲也心疼极了："得病都不会得，得个不准吃东西的病，招呼别的病人，都是劝他多吃点，而却要限制你少吃点，可怜哦。"

没想到一年后，我们慈祥善良的母亲却突发脑出血，撒手人寰，扔下这个家不管了。我们都不愿面对这个事实，突然没有了母亲，这个家没有了主心骨，我们都不知道怎样生活，特别是父亲，一直备受母亲的照顾，从来没有干过家务事，连饭都不会做，他又不愿意住到儿女家，生活很是让我们担心。

我想让他再找个伴，他也很赞同，但就是找不如意，"有你妈妈那么漂亮的，又没有你妈妈那么贤惠，有你妈妈那么贤惠的，又没有你妈妈那么知性，有你妈妈那么知性的，又没有你妈妈那么善解人意，唉，难啊，还不如买个热水袋和一个痒痒挠算了。”十多年时间过去了，父亲最终还是没有给我们找个新妈妈回来。

之前，父亲给小弟弟交代过：“只要你们确认我是完全断气了，不是烧的活人，你们就可以送我上路了，我怎样走都行。”临行前夜，他吩咐小弟弟找来一位街头的“待诏师傅”（剃头佬），在病床上为自己剃光了头发和胡茬，俨然是一位要出家远行的头陀。

父亲走了，就在那个晚上的十一点五十五分，走得很安详，走得很干净，除了他还没有完成的一部手稿，和好多本我们“没时间”来得及“翻看一下”的小说、散文，只留下一缕轻烟。

我们把父亲送到殡仪馆，寒风里，看着烟囱里飘出的那一缕青烟，叫我们怎不撕心裂肺，那就是我们的父亲啊，他就这样轻轻地、静静地上路了，扔下我们，长途旅行去了……

两年了，父亲一直不肯进入我的梦。

留白的芦情

阳春三月，草长莺飞。美丽的洞庭之畔，下塞湖洲上，迎来了一群不请自来的文人骚客。

他们早已被一路的桃花红、梨花白、铺天盖地油菜黄所惊艳，但迎着瑟瑟湖风，登上机船，渡过漉湖，踏上下塞湖洲了吋，他们还是被震撼到了，一群人呆呆地望着，张着嘴巴，却一下子发不出声来。

一望无际的洲子，绿草如茵，平铺地面的三叶草，抱团生长的香藜蒿，香气四溢的野芹菜，雨后拔地而出的芦笋，都自由自在地张开着贪婪的身体，恣意地生长。

并不一坦平阳的洲子上，有自然圆润的小丘，有绵延宽阔的滩地，它们之间时不时有不规则的河流自然楔入。湖水荡漾在山丘与山丘之间。河湖边的湿地上，有踩高跷的鹭鸶在频频地点头觅食，成群结队的候鸟盘旋在湖泊的上空。

站在小丘上，虽看不到洞庭衔远山、吞长江的壮景，却仿佛让人领略到了洞庭湖波澜壮阔的浩荡，也真切地感受到了下塞湖小家碧玉般的一湾柔情。

这里有被开垦过的痕迹，但也看得出，近年来，湖区人民对这片水土的保养和呵护。退耕还湖后，鱼儿回到这里安全产卵，水鸟在这里自由栖息，各种野生的植物在这里自然地生长，昔日的下塞湖满血复活。

“我们要牵一群牛来就好了。”不知谁突然冒出一句来，“这里有吃不完的河边青青草。”

“那可够它们撒欢了，这么多草，青青的，嫩嫩的。”

“那可是真正的‘天苍苍，野茫茫，风吹草低见牛羊’哈！”

“我们应该带着钓竿来，坐在芦苇荡里垂钓，那是多么的惬意！”

“假如我现在有支猎枪……”

“会有人把你送进监狱！”

“我还没有掏出来呢……”

“你掏出来试试——”摄影师的镜头对准了持枪者的腰部以下。

“哈哈哈哈……”一行人笑得在地上打滚。

越往里走，越让人感到湖洲的静美和神秘，摄影师一边慢慢地转动他的镜头，一边稍带诱惑地感叹道：“其实，这里最适合谈爱。”

一语道破大家的心声，在这全身心放松的环境里，人的思绪就像脱缰的野马，自由驰骋在这静谧的芦苇荡，伺机撒野起来。

“哈哈，一听就知道你是有故事的人，快抖出来给我们听听。”

“对，老实交代，这芦苇荡是不是你的高粱地！”

“没有，真没有，我虽然是湖区长大的，但我一直在外读书，我和你们一样，也是第一次来这里，我们谈爱的时候，哪有这种神秘的仙境啊！”

“哈，还是有故事！”起哄的骚客们一拥而上。

摄影师被人团团围住按倒在地，嘴里求饶：“真没有故事，真的没有。”双手举着相机还在慢慢地移动镜头，突然，举在空中的双手不动了，“坏了，坏了，故事来了。”

大伙儿盯住了他举着不动的相机，在水天相接的地方，透过芦苇的缝隙，一个女人展着“顺红旗”的舞步，无所顾忌地闯进了他的镜头，丰满，但不失妖娆。

“好一个妖贼！”大家的第一反应是，这是来下塞湖偷野生芦苇笋的。

大家安静下来，跟着镜头悄悄地往里走，隐隐听到了美妙的歌声：

梨花开，春带雨，
梨花落，春入泥。
此生只为一人去……

小偷还有这雅兴？大伙儿从四面包抄上去，准备先找到她偷采的芦笋，再控制她人。

没想到她一个鹞子翻身后，踩着碎碎的舞步徐徐靠近镜头来，突然发现了趴在草丛中的摄影师，两粒眸子惊而露喜：“强子？你是强子？！”

摄影师一下子蒙了，像一个犯了错误的小朋友，不知所措地从草地上站起来，不知怎样摆弄他微微发福的身体：“你……你是？你认识我？”

他知道他后面这句问话的多余，不认识他，怎么知道他叫强子。

参加工作二十多年了，没有人叫过他强子，只有读高中时，班上的同学才叫他强子。首先只是玩得好的几个哥们儿这样叫他，后来全班男同学都跟着叫，接着班上的女同学也开始学着叫，再后来，甚至班主任老师也随俗呼名了。二十多年没人叫过他强子了，今天突然听到，他感觉是那样暖心和亲切。他脑子里急速搜索着当年班里那些青春靓丽的面孔，却怎样也与眼前这个女人搭不上边，那“强子强子”的口音有点像当年那个长辫子女同学的声音，声音柔柔的还带着甜味儿，让人想把声音吞进肚子里去，却又让人不敢干脆地答应。难道是她？

“强子你真的不认识我了？”还是那样柔柔的，带着甜味儿。

“‘达坂城的’？你是‘达坂城的’！”

达坂城的石路硬又平呀，
西瓜是大又甜呀，
达坂城的姑娘辫子长啊，
两只眼睛真漂亮……

文人们又起哄了。

“是啊，我们是县一中的高中同班同学啊！”

“你一直在沅江？”

“嗯，一直在这儿。那年你考上了本科，我只考了个专科。”

◎ 芦苇荡中白鹭飞

“你的辫子呢？漂亮的大辫子！”

“剪了，前年剪掉的。”

“难怪变样了，二十多年没有见过你了，还是前几年听同学说起过你，说你搞了个规模很大的芦笋种植基地，成了女企业家，大老板。”

“什么大老板啊，就是利用湖水退去的田地，种植了几百亩芦笋，没想到近几年来芦笋销售那么好，让我发了点小小的‘不义之财’。”

“现在生意越做越大了吧！”

“没做了。”

“没做了？”大家都惊诧地望着她。

她确实不做了。而且是她自觉不做的。

一个偶然的机会，她参加了当地的一个关于洞庭湖生态环境治理的现场会，当她看到那些触目惊心的视频资料，听到生态专家表达对洞庭湖生态环境现状的忧心和治理举措时，她的心一下子失去了往日作为优秀企业家参加表彰会的风光和平衡。她没想到，她就是一个破坏生态环境的始作俑者，自己的企业发展并不像她心里一直感觉的一样光明磊落。

曾几何时，由于围湖造田，泥沙淤积，环境污染等形成的恶性循环，造成了洞庭湖水域的一场慢性灾难。原本烟波浩渺、一碧万顷的洞庭湖开始呻吟，洞庭湖病了，漉湖病了，曾经水天相接、浮光跃金的漉湖日渐消瘦，水面慢慢减少，湖面也渐渐萎缩了。

她就是在湖水退去的湖底，开始种植芦笋的。开始是挖了几亩地试试，第二年又搞了几十亩，后来，随着湖水的日益退却，她开垦的面积也就越来越大，她像许多急功近利的人一样，将漉湖看作是天之资源，肆意地开垦，无限地利用，当她的种植面积超过三百亩的时候，她看到了她人生的风光，她的经济效益已翻倍地增长，她也成了当地的名人。

“现在正值芦笋收获季节，嫩绿的芦笋味美可口，广受消费者的喜爱，产品供不应求，你怎么突然不做了？”

“有点心虚了呗。”

她虽然算得上当地的纳税小户，她也为当地做过许多公益活动，但她心里总有一丝隐隐的不安。

那次现场会后，回到芦笋种植基地，一眼望去，蒌蒿满地芦芽短，一垄垄的绿色，一根根嫩绿粗壮的芦笋，让人赏心悦目，流连忘返。

她以往一直都沉浸在自己经营的这片美景里：“春风获渚暗潮平，紫绿尖新嫩茁生。带水掐来随手脆，棹船归去满篝轻。”

平时她最喜欢采摘芦笋的感觉，那些嫩得一掰就断的芦笋，给人带来丰收的喜悦，带来可观的经济效益。而今天，面对这些在雨天里冒芽，破土而出的笋儿，她却提不起手来去触碰。

她第一次发现，这大片的芦笋并不像人们所赞叹的那么欣欣向荣，她甚至觉得这个芦笋种植基地就像一块巨大的伤疤，死皮赖脸地贴在早已被病痛缠身的漉湖的肚皮上。她觉得对不起漉湖，但她不知道该怎样弥补内心的不安。

直到有一天，公司销售的负责人告诉她，他们打包外销的产品，被外商质疑芦笋原料可能重金属超标，她才毅然决定：我不做了。

既然自己解决不了眼前的一系列连锁问题，那就检点自身，管好自己，忍痛割爱，把曾经自己辛辛苦苦开垦的几百亩田地退还给漉湖，还湖区一域湿地，留大自然一片净土吧。

从此，她低调地退出了公司，加入了益阳市生态环境治理志愿者服务队，参与守护好一江碧水的各项行动中，自发地去清理漉湖湖泊内的一些垃圾。

湖水退去后，沉淀在湖面的垃圾比比皆是，废弃的轮胎，残破的渔网，丢弃的矿泉水瓶，装满垃圾的塑料袋。开始一段时间，光被她捡拾拖走的垃圾就有好几车。她很少与服务队一起活动，每天都是一个人拿着夹钳，提着蛇皮袋，在漉湖的芦苇荡里钻进钻出，在湖边草地捡拾着垃圾。

当文人骚客们寻找到她偷芦笋的证据时，才发现，那是满满的一袋垃圾，塑料袋、矿泉水瓶、纸烟盒、废旧电池、昔日的烂渔网……

“哈哈哈哈，我们还以为抓到了一个偷野生芦笋的‘妖贼’呢，失敬失敬！”

她告诉大家，现在，老百姓的觉悟都提高了，都知道了芦苇的生态价值，很少有人再上洲子来采摘野芦笋了。

芦苇是一种具有极强生态保护功能的植物，被称为湿地的灵魂。芦苇的根茎四布，有固堤之效，芦苇能吸收水中的磷，可以抑制蓝藻的生长。大面积的芦苇，不仅可以调节气候涵养水源，形成良好的湿地生态环境，也为鸟类提供栖息、觅食、繁殖的家园，芦苇的叶、茎、根都具有通气组织，具有净化污水的作用，因此，为了保护芦苇的生长，附近还关闭了好几家造纸厂。

封湖以后，捕鱼的、猎鸟的、偷芦笋的现象真的很少很少了。再说，如果真有人来偷芦笋，偷了也带不出漉湖，有人监督的。

“我刚才采了一些芦笋，你能帮我带出去不？”

“肯定不能。但我可以看看你采的芦笋吗？”她拿起他们怀抱里的芦苇笋一看，就哈哈大笑起来，“你们采的大部分是泡芦秆，不能吃的。”

“那什么样的才能吃？”

于是，一群文人骚客，在一个美女“妖贼”的带领下，上蹿下跳，在芦苇丛里乐不思蜀。大家似乎闻到了芦笋炒蘑菇的清香，尝到了芦笋炖河鱼的鲜美。

其实，拔芦苇笋的乐趣，要远比吃更过瘾，这一点只有经历过的最清楚。

“你的大辫子没了，要是在路上遇见，我还认不出来呢，读书的时候，我们男同学就是因为你那条长长的大辫子，背地里都叫你‘达坂城的’。”

“那个时候的强子，可是天天骑在牛背上，忘情地哼唱‘你要是嫁人，不要嫁给别人，一定要嫁给我。带着你的嫁妆，带着你的妹妹，赶着那马车来……’。”文人骚客们又开始了他们的艺术创作。

“没办法，天天在芦苇丛里捡垃圾，钻来钻去的，太不方便，只能忍痛剪掉。”

“你怎么舍得剪掉啊，那可是几十年的爱哦。”

“这不，一直留在家里，有人出了大价钱，我都不舍得卖哈。”

“刚才是你在唱歌？”

“是啊，跟着手机里唱哈，没去原声。”

“读书的时候，只知道你喜欢跳舞，没想到你歌也唱得这么好。”

“哈哈，交了学费的。这两年，我每周都自己开车去长沙学京剧，一周一节课，从不间断，有成效吧？”

“哈，你这么舍得下功夫，你是要像电视剧《人民的名义》里的高小琴一样，脱颖而出？所谓白头如新，倾盖如故？”

“去你的。我去学京剧，完全是因为一个顾客的即兴献唱。那天，一个旅游团跑到我农场来买芦笋，一进场，大伙儿就惊呼‘太美了’，接着就有人引吭高歌起来：

朝霞映在阳澄湖上，
芦花放，

稻谷香，

岸柳成行。

全凭着劳动人民一双手，

画出了锦绣江南鱼米乡。

祖国的好山河寸土不让……

京腔京韵，那样有板有眼，那样字正腔圆，真正的荡人心魄，余音绕梁，听得我半天都没回过神来。”

“下次什么时候去长沙学习，电话给我，我请客。”

“一般情况下，我都不想去打扰别人，下次你回沅江，接你去我家玩，我亲自做芦笋炖鱼给你吃。”

“那我们也想吃芦笋怎么办？”起哄又开始了。

“要不我们一起去作陪？”

“我们就只偷偷闻点鱼腥味。”

摄影师把镜头对准这班无赖，吼道：“你们认为哪个家里需要这么多电灯泡！”

“哈哈哈哈，明亮！”

文人骚客们要走了，他们却舍不得离开这神奇美丽的下塞湖，“蒹葭苍苍，白露为霜。所谓伊人，在水一方……”他们要求“妖贼”续唱前面被他们打断的《梨花颂》，她却给他们来了一首“朝霞映在阳澄湖上”，只是把唱腔里面的“阳澄湖”改成了“下塞湖”：朝霞映在下塞湖上，芦花放，稻谷香，岸柳成行……

他们除了感叹还是感叹。

"和我们一起出去吧！"

"不啦，我还要在这里转一下，还有一周边没有捡拾。"

"那再见啦！"

"好，下次记得来沅江玩！"

"一定。一定来看你！"

花开的时候我们来看你，

喝几碗烈酒唱几首情歌，

天那么蓝地那么宽，

你的温柔比那花儿还要多……

客人渐行渐远，只留下使劲吼出的歌声，在下塞湖上空飘荡。

寸草情

——一个山村女教师给她男朋友的信

简明：

我原来只是认为，我进村后，会让我们备受牛郎织女般思念的“考验”，而这种考验的延续只会增进两颗心的进一步理解、体贴和爱慕。没想到你会发出“不得不分手”的“最后通牒”。

那么，我是舍下我的学生，回到县城，回到你温暖缠绵的怀抱，还是尊重你的“不得不”呢？

我想，还是再听我的一次吧，就像以往你包容我迁就我一样。到这里来一次，到这个山村里来一次。来看看我独住了一年的学校，看看这些“夺走了”你的爱的孩子们，看看这个不被外人所知晓的景色秀美的偏僻的小山村。

这是一个没有公路与外面连接的山村旮旯，陡峭的石阶，苍翠的高山，山脚下静静地淌着一股不息的山泉。在山的怀抱之中，有一块空阔的坪地，地里长满了野草。不知是缺肥，还是缺少水分，野草好像有点长不成气候。看得出来，曾有人试图开垦过这块草坪，但终于成了孩子们的放牛坪。一天到晚，除了鸟儿的啼鸣，听不到人声的喧闹，机器的轰鸣。除了几个放牛的孩子，平时没有人光顾这里。这是一个恬静的山村，现实中的“世外桃源”。

我的学校就坐落在这个“世外桃源”。

我的学生就生长在这个山村里。

他们和他们祖辈及父辈一样，很少或没有离开过他们的出生之地，朴实勤劳是他们的本色。

他们在这个山村里，就像小猴子在水帘洞里，上山，能取下树丫上的鸟蛋；下水，能摸着潭底的鱼虾。但在教室里，在课堂上，他们则另有一种风景。

我教的是一个一年级和三年级的复式班。十几个七岁左右的娃娃、二十个还不到十岁的三年级学生，总共也不到四十人。但在教室里却像有千军万马，围着课桌跳上跳下，你追我赶，揪头发抱腿，有时弄得头破血流，还互相望着彼此笑。

在课堂上，他们总是习惯不了举手发言，想喊就喊，想叫就叫。不需要我大声制止，只要我咳嗽一声，教室里立马安静，鸦雀无声，但这样的安静坚持不了多久，自由的呼喊声又会此起彼伏。

他们喊我只喊“老师”，从来不带姓。忘乎所以的时候，还会喊哥哥，喊姐姐，有的一年级学生甚至还娇滴滴地喊“妈妈”，时常弄得我满脸通红。一堂课里经常能听到无数种称呼，看到五花八门的互动。

记得那是一个开始转凉的秋雨天，微风习习，细雨绵绵，孩子们很惬意地享受着酷暑过后的秋凉，安静地坐在教室里学习着。我新授完了三年级的课，布置他们做作业后，开始给一年级上新课了。

突然，教室后面的门被推开，一个学生走了进来，头上顶着一个装碳氨肥料的绿色塑料袋，脚上穿着一双只有在这种山村里还保存着的木屐，铁齿踏击地面的“嘀嗒”“嘀嗒”的声音，把三十几个孩子的脑袋，一齐引向了后面。他叫刘学民，是班上迟到得最多的一个。

我有些恼怒，走到他的面前：“你怎么天天迟到？”

“我，我天天要看牛。”一副无可奈何的样子，眼角上还嵌着眼屎，一看就明白，他今天又没有洗脸。

“坐到座位上去，拿出课本来，按黑板上的要求做作业。”

我回到讲台前，继续带一年级学生读生字：“汽车——”

“汽te——甜脆脆的声音，整齐地响起来。又是‘te’。”

不知纠正过多少遍了，还是“te”！祖上传下来的读音根深蒂固。我耐心地，一遍又一遍带孩子们拼读，心里想着该怎样纠正孩子们乡土语音。突然发现刘学民在偷偷地对着同学们打手势，做鬼脸，根本没有打开书包，看来今天又不要指望他交作业了。

我气不打一处来：“刘学民！”两步跨到他的面前，拿起他的书包，想替他拿出书本和纸笔，“你为什么还不赶快做作业？”

谁知他一把夺过他的书包，死命按住书包袋口不放，我火了，用劲把他的手一掰，打开书包，伸手进去，突然“嗖”的一声，像一股风吹过，两只山鹊从书包里夺路而飞。我惊呆了，教室里一下子沸腾起来。

可能是我当时的脸色难看，或者是怨我放跑了他的两只爱鸟，我看见他的脸色唰地变白了，眼神呆滞，矗在那里，浑身颤抖。说句内心话，我真怕把他吓出什么毛病来，并没有要剋他一顿的意思，更不知道他书包里有两只鸟。我只是想当着全班同学的面，给他讲几句老师必须给他讲的话。

看着渐渐安静下来的孩子们，我平静下来，轻言细语地说着我必须说，孩子们也必须听的几句话，刚讲两句，安静下来的教室里突然喊起来：

“妈妈！我……”这是班上最小的一个女同学，叫蔡平平，刚满六岁。

“老师！她又尿裤子了。”

“裤子都滴水了。”

“凳子也湿了。”

“呜呜……”蔡平平哭了。

我只得把她抱进我的房里，帮她把裤子脱了，拿脸盆从外面打点水，再从热水瓶里倒了点宝贝的热水，用毛巾擦干净她的身子，拿我的一件衣服给她穿上，再把尿湿的裤子洗了晾上……

一节课就这样过去了。

一天就这样过去了。

学生都走了，把沸腾的生活也带走了，校园里又恢复了使人心怵的宁静，我疲惫地坐下来，用凉水润了润干得冒烟的喉咙，重重地嘘了一口长气。

这时，我想到了你。简明，我想到你对我的体贴和温存。要是你在我的身边，你决不会让我喝凉水，可是我则在强迫自己喝凉水，而且基本上已经习惯了。你知道，我们学校其他三位老师都是本村的，成了家，都回家吃饭。我生活上的一切都得自己动手，自己煮饭，自

◎ 本书作者吴灿娜

己种菜，自己到山上去捡柴，但我没有那么多时间去捡柴，我也特别害怕到山里去捡柴。

为了烧水煮饭，我经常到学校背面的山上去捡柴。那里灌木丛生，荆棘缠绕，根本找不到进山的路，好不容易钻进灌木丛，欣喜若狂地捡到一大把干枯的柴火，但要走下山来就更加困难。抱着的柴火就像梅花鹿的角，不是撞着这棵树干，就是挂着那个枝丫，我在山上跌跌撞撞，艰难行进，小心翼翼地躲开那些张牙舞爪的蜈蚣和四脚蛇，却又被荆棘扯住了头发，刮破了皮肤，扯烂了衣衫。

有一次，我又到山上去捡柴，由于前几天刚下过雨，那里的泥土和地上的树叶都还是湿湿的、润润的，空气中弥漫着野生菌生长的气息。我抱着柴火下山时，脚踩着地上厚厚的树叶一滑，半天爬不起来，我狼狈地坐在地上，无助地望着四周，突然发现一条黑亮亮的大蛇，正对着我吐芯，我吓得一声尖叫，晕了过去。

一个在山脚下挖土的学生家长听到叫声，跑上山来救我，把我背回了学校。不知道是我的叫声把蛇吓蒙了，还是家长及时赶到赶跑了蛇，或者是那条威武的大蛇，觉得咬一口我这样的人，有点胜之不武，倒霉的我居然蛇口脱险了。庆幸之余，我发现村里人都传开了：吴老师被蛇吓死了。

从此，我的厨房里出现了一小堆烧不完的柴，我烧多少，第二天又添起多少。这是学生背着我悄悄干的。

多好的学生啊！我被感动了，心里有种隐隐的痛，又不是真正的痛，就像我们刚恋爱时，那种心动时一闪而过的痛。山里的孩子要放牛，要做家务，学习的时间很有限，我不能够剥夺他们本来不多的学习时间。我开始锻炼喝凉水，不烧开水，洗澡洗头也会用冷水。

开始一段时间，很不习惯，肚子又痛又泻，人也瘦了许多，而柴却明显烧得少了。有的学生问我："老师您怎么烧柴越来越烧得少了？"我说："是你们捡柴捡得越来越多了啊！"孩子们自豪地笑了。

现在我已经习惯了，习惯了学生放学后再吃中饭，习惯了不吃"大菜"，因为我太不会种菜了，每次种了都被山上的野兔子吃了。上镇上买？那根本不可能，太远了；向周围的老百姓买？他们又都不肯收钱，因此，我宁愿少吃也不去村民家里买菜。

简明，你不会认为我是在向你诉苦吧。是的，比起在县城里上班的人来，我确实是苦一点，每月的工资有时还不能按时发。一年到头的总和还抵不上你们一个月的收入，但是我并不觉得苦。你也绝对不要认为，我在山村里受苦，是你没有尽到做男朋友的职责，何况，你已经不止一次提出要我到你们公司做事，我也明白，你们给我的将是个非常实惠，而且体面的工作。但是，这一切都打动不了我，我爱教书，我爱我的学生，我爱这个住着我的学生的野草坪。

寂静的夜，昏黄的煤油灯下，我又翻开了孩子们的作业本。简明，你看看他们的作业吧——歪歪斜斜的字，稀奇古怪的答案，让你看了又好气又好笑，我布置他们用"赞美""不过""像……一样"造句，你看他们造的句：

"赞美——老师要我们用赞美造句。"这是一个扬言他爸爸只要他每天学会一个字的学生。

"不过——牛不过桥。"不用说，这就是那个天天得看牛，天天都迟到的刘学民，这个句子完全出自他的生活。

“像……一样——爸爸像恶八（霸）一样打人。”

…………

看着他们的作业，我又像看见了活蹦乱跳的孩子们：一张张被山风吹裂了而没有抹过护肤霜的脸，一副副顽皮而友好的神情，又淘气又可爱。有的前额的头发焦黄，那是他们早晨自己烧火炒饭时，被灶膛里喷出来的火苗烧焦的；有的穿着宽大的洗白了的旧蓝布衣，那是他们的父亲曾经穿过的；女同学总喜欢穿鲜艳的大花衣，有的还在蓬乱的头发上插上两朵油菜花。当他们站起来回答问题时，他们扭扭捏捏，显得茫然不知所措，要他们认真听课时，他们却经常不举手就发言，提出一些稀奇古怪的问题……

这就是我的学生，这就是那些“夺走了你的爱”的毛孩子。

正当你从他们那茫然的表情中觉得他们愚昧无知的同时，你又可喜地发现他们那种强烈的求知欲，他们什么也不知道，但他们什么都想知道。他们的动作情态，使你随时能够忘记自己的责任：他们是野草坪的建设者，他们的将来便是野草坪的将来，而我这个当老师的希望，就像老农们希望野草坪的幼嫩树苗都能长成参天大树一样。

这样，我花在孩子们身上的时间就没有限度了，相应地与你相聚得少了，偶尔星期天回家一趟，也是匆匆忙忙地又当天赶回了学校。因此，你提抗议了，因我的“无动于衷”导致了你提出那个严峻的问题。

然而，我还是不能直接回答你。是的，我爱我的学生，这大概是一个教书匠的职业病，但这并不意味着不爱你。记得哪个名人曾这样说过：相逢加深爱慕，离别亦增惦念。不是吗？

当然也许你已经不惦念我了，你的方案里不是提出一个“不得不”

吗？那么，我们今后碰上了，我还能不能这样亲切地叫你简明呢？

我希望你能原谅我，在这个偏僻的山村里，我希望能得到你的理解和支持。快放假了，你来接我吧，带根扁担，换上你的运动鞋。我不用画路线图，上小路以后你就自己问吧，只要你提到我的名字，每一个人都会是你的热心向导。来吧，来了以后，我会告诉你，我的学生在这次全县期末统考中的成绩名次。来吧，我在等你……

再见！

腊　腊

1985年9月10日

希　望

婆婆遭遇人生的最后一次骨折后，我亲历了这个真实的故事。

——题记

婆婆一次不小心的摔倒把左大腿摔成了粉碎性骨折，住进医院几天了，都没有开始实质性的治疗，医生说："这是人生的最后一次骨折，这么大年纪了，已不适合手术。"

我问医生，不手术那怎么治疗，医生的回答是"那就只能在床上躺几个月了"。

这，这太残忍了！

这时，年迈的公公打来电话，他说："我梦到菩萨说，你娘这次只怕会逃不过这一劫了……"

刚好老公这段时间去安化扶贫点了，近几天都不能回来，我紧张得六神无主，看着病床上痛得嗷嗷直叫的老娘，我和小姑子急得焦头烂额，一筹莫展，尽力细心周到地护理，但看不到一点希望。

我到处找关系，联系同学、朋友、医院、医生。我小姑子更是见穿白大褂的就求，连护士都不放过："请救救我妈，帮我妈做手术吧。"得到的回答近乎雷同：人生的最后一次骨折，没办法。急得没办法了，小姑子就在医生办公室大吵！围拢来的医生护士竭力解释，安慰，围观的病人家属越来越多，我担心引发医患纠纷，站在外围急得团团转。被吵得没办法了，管床医生无可奈何地低声说道："我们真的没经验给老奶奶做这个手术，家属一定要坚持手术的话，我们也只能等蔡院长回来再说。"

这几天听得最多的就是"蔡院长"这三个字，蔡院长在益阳颇有名气，是骨科手术的一块招牌，蛮有名气。这也是我选择让婆婆进这所医院，而没有去中心医院的原因。但他现在外地学习，要过几天才能回医院。

无助的我似乎看见了一丝希望，我不知疲惫地往返在医院与家的路途中，一心只想多搞点好吃的东西给婆婆吃，给她补充足够的营养，让她能顺利地接受手术。

那天一大早，一群白大褂来到婆婆的病床前，一位医生拉着婆婆的手说："娭毑，你想手术？你不害怕吗？"

我婆婆一把抓着医生的手嚷着："我不做手术，我不开刀！医生，你开点去痛片给我吃吧，我不开刀，我要回家……"我和小姑子几乎同时叫道："做手术，我们做手术！请医生救救我妈！"

我跟着查房医生来到医生办公室，却不知道哪位是蔡院长，我甚至不知道，刚才在病房里和婆婆说话的是哪位医生，他们都戴着口罩，都穿着一样的白大褂。"我找蔡院长！"我喊。

“你是26床的什么人？你们确定要做这个手术？你知道这个手术的风险吗？你能当这个家？”其中一个白大褂迎着我的眼光。

“我是病人的儿媳妇，我知道手术的风险，前面医生已经跟我说了，我能当家，我签字！”我迫不及待。

“如果你们信得过我，我就来给你妈做这个手术。”哦！他就是蔡院长！

接下来，蔡院长给我讲了许多关于手术的细节，比如粉碎的大腿骨要全部去掉，代之以一根人造的大腿骨，两头要磨成合适的弧形，与上面的股骨头和下面的膝盖骨深度吻合……

天啊，听得我心惊肉跳，虽然没有听懂医生说的许多内容，但我明白了手术的难度和复杂，也真切地感受到了眼前的风险。“如果你们想请上一级医院的医生来做手术，我可以帮你们联系，想请上一级的专家教授来会诊手术，我也可以给你们介绍联系。”

“不，我们就请您做，就您做。”我已经感受到了希望，婆婆有救了。

手术的前一天，趁蔡院长来婆婆病床前交代手术事宜的时候，我感激地说：“谢谢您，蔡院长，一切都拜托你了。”

“不必谢谢我，倒是我要谢谢你们，我被你们的孝心打动了，我才有信心做这个手术。放心吧，我会尽力的。”

第二天，婆婆八点半被推进手术室，我们一直守在手术室门外，紧张得坐立不安，中午叫了外卖，却一口也吃不下，不知道做手术的医生手术中途吃没吃饭。下午三点钟的样子，手术室的门打开，医生叫26床的家属，我吓得汗毛根根立起，以为婆婆出了状况。

医生端着一盘子血糊糊的碎骨给我看了一眼，告诉我手术很顺利。我悬着的心终于落了下来，婆婆被救回来了。一直到下午四点多，婆婆才从手术室出来。

术后的婆婆多了些撒娇和任性，一日三餐都要我喂给她吃，护工告诉我，刚才你婆婆又在碎碎念：“等下我儿媳妇送得饭来，她要是喂我，我就吃，她要是不喂我，我就不吃。”而且，我不喂，她真的不吃，她只要不吃，营养跟不上，生理指标就上不来，医生又得通知我去买白蛋白。

小姑子批评她：“你摔断的是脚，又不是手，为什么要人喂，不能自己吃？”

婆婆理直气壮地说：“我又没有要你喂！”弄得我们哭笑不得。

说真的，我很乐意喂，只要她赶紧好起来。婆婆术后，伤口恢复得很快。

那天，蔡院长带着一班人来查房，拍着婆婆的大腿，对一大群跟班医生和实习生说：“看看，多漂亮的伤口。”苍老的大腿上，一条一尺多长的伤口，被缝合得那样严密，长得那么结实，仿佛一条被控制了的、放大了的蜈蚣，老实地趴在婆婆的大腿上，一动也不动。我暗暗地庆幸婆婆遇上了这么好的医生。

蔡院长看着婆婆的大腿说：“再过几天就可以出院了，娭毑，以后一定要拄拐杖哦，不能再摔了。”

“拄拐杖，不摔了，不摔了。”婆婆虔诚地双手合十，眼泪滚出了红红的眼眶，“谢谢医生救了我的命，这次要不是医生救我，我就只能被抬回去躺在床上了。”

“谢谢你儿女们吧，是他们的坚持，我们才创造了这个奇迹。”

“这一摔只怕要花掉我儿女们一万多块钱吧？”

“哈哈，一万多？你加个零吧，娭毑！”病房里充满了久违的笑声，这是只有救死扶伤的医生才能给病人带来的笑声。

医者仁心啊！

出院的那天，我们用轮椅推着婆婆，在医院的走廊里停驻了许久，我们仰望墙壁上党务工作栏里，那一个个熟悉而又陌生的面孔，让我们油然生敬，又倍感亲切。我们比对着寻认，照片里的哪一个才是我们这些天在病房里看到的戴着口罩的医生和护士。

婆婆一眼就认出了蔡院长，指着照片，欣喜地叫起来：“救命恩人！”

是啊，每一个白衣天使都是病人的救命恩人，他们每日每夜都在为解除病人的痛苦而忙碌辛苦，为病人带来了生存的希望。

也正是这样许许多多默默无闻的共产党员，在自己的岗位，为服务人民群众尽职尽责，让我们老百姓看到了希望。

触摸烂泥湖

那年，爸爸在烂泥湖工地上患了病，被送到沧水铺医院手术治疗，正赶上工地上有突击任务，要求每个家庭增加一个劳动力上工地，而我们家除了外公外婆，妈妈还带着年纪还小的弟弟，再没有其他劳动力，我就被派上了前线。

十三岁的我便满怀花木兰“替父从征”的豪迈，扛着锄头，踩着晨星，和队上的一行人上路了，寒冷的微风追逐萧瑟的黑暗，天亮前那种淡淡的白色，颇让人有种风萧萧兮易水寒，壮士一去兮不复还的感觉。

其实，我们这支突击队一点都不威武，一个七十多岁的老爹爹，带着七个半大不小的小伙子小姑娘，拖着一板车萝卜，叽呀叽呀，往还没透光的晨雾里走去。

一路磕磕碰碰，晃晃悠悠，看着东方发白，看着太阳升起，看着远处还是远处。

当我们赶到工地时，已经完全没有了出发时的那种雄赳赳、气昂昂的状态。高音喇叭里正在广播："民工同志们，休息时间已到，请同志们继续战斗！"

这是啥意思？我们大惑不解，广播里又传来广播员甜甜的声音："民工同志们，休息时间已到。请同志们休息。"

哈，原来是她说溜了嘴！纠正过来的这句才是我们渴望听到的声音。

我们小分队的到来引起了工地上的一阵小小的骚动。不管经过哪个公社、哪个大队的工地，我们都会遭到各种别样评论。

"干什么来了？一队老弱病残的。"

"哈哈，背上还背着摇窝草呢，来寻妈妈找奶吃的？"

"呵！儿童宣传队的来了，给我们跳个舞吧！"

到了自己队上的工地，队里的人都亲热地围上来，并不急着要我们去突击帮他们挑土，而是一个劲儿地要我们唱歌跳舞。

面对那么多人的掌声和起哄，我们也不知道怕羞，脱掉棉袄，拉开架势，唱了一首歌又一首歌，跳了一个舞接一个舞，直到我们的曲目和把式都要尽了，大家还一个劲地吆喝"再来一个！""再来一个！"

本来，这些歌呀舞呀，都是我们小朋友平时在一起的时候，自己捣鼓着玩的，自编自演，自唱自跳，现在知道唱的也唱完了，会跳能跳的也跳完了，真的黔驴技穷了，哪还能再来一个啊！

这时，比我大不了多少的冬香姐，大声嚷道："我们就跳'一双草鞋（hai）'吧！"我当时蒙了，什么一双草鞋啊？一双草鞋怎样做动作啊？我都急了，冬香赶紧唱了两句：

战天斗地，

移山造海。

我才猛地明白，原来不是“一双草鞋”，而是“战天斗地，移山造海”。这支歌我们经常听大人们唱过，虽然我们并不知道歌词的意思。

于是，伙伴们又把我推在了前面，我们边唱边跳，在大人们不怎么有节奏，但劲爆热烈的掌声中，完成了最后一个节目。

突然有人喊：“牛跑了！牛跑了！”

我们几个小鬼赶紧到处张望，还一个劲地问：“在哪儿？在哪儿？”

当我们顺着一个人的手势追到另一个土方坑时，看到的却是两个民工正背对着这边在小便，我们赶紧用双手捂住自己的眼睛，无地自容，还在心里暗暗骂他们，真不怕羞，怎么在外面撒尿。

广播里又传来了女广播员甜甜的声音：“民工同志们，休息时间已过，请同志们继续战斗！”民工们一哄而散，各就各位，开始劳动。

霎时间，一眼望不到头的工地上，人头攒动，红旗飘舞，凯歌飞扬，挖土的、挑担的、推土车子、拖板车的，熙熙攘攘热火朝天。

我们也赶紧投入了“战斗”。那是多大的劳动强度啊，挑着满满的一担泥巴，要爬上几十米高的陡峭的河堤，而且是越来越高，下面越挖越低，上面越堆越高。一个紧跟着一个，争先恐后，谁也不能中途偷懒。劳动的队伍像一条奔跑的长龙，在越修越高的烂泥湖堤坝上艰难地蠕动。

我象征性地挑了一点点土，跟着大人们跑了两趟，身体就发热冒汗了，双腿发软了，难怪大人们在这么冷的天都是脱掉棉衣干活。

◎“烂泥湖”治理工程纪念碑

中午饭是送到工地来吃的，饭尽饱吃，菜就是我们拖去的萝卜，还有一大盆咸菜汤，大家都吃得很香。

我们突击队是下午再干一气的工夫，等下午中途歇气后就往回走，必须在天黑前走出烂泥湖工地，走上公路，再摸黑回家就没有困难了。

歇下午气时，我和冬香想上厕所，哪儿才有厕所啊，中午是几个婶婶带我们到一个土方坑下小便的，现在到处都是挑着担子奔跑的民工，我们跑了好远好远才看到一个小茅屋，等我们方便完赶回工地，突击队的人已经打道回府了。我们又不识路，没办法，我们只好流着泪继续“战斗”，晚上和他们一起到离工地很远的村民家睡一晚，第二天再回家。

吃了晚饭，洗了脚，大家就准备上床睡觉了，所谓的床，就是在地上铺了些稻草，所有的男人都一字儿排开，睡在房东的堂屋里，每个人估计不到两尺宽的地盘。各人从家里带去的花被子，已经很脏，看不出被单本来的底子颜色。

我们和几个婶婶就睡在房东的小偏间里，本来就不宽绰的地铺，由于我们两个的加盟，显得更加拥挤。

她们告诉我们，如果晚上要翻身，必须所有人同时朝一个方向翻，否则将会发生“战争”。我们队上的人还是走运的，还有好几个生产队的民工就睡在野外临时的工棚里，上面用几根竹竿支着一铺晒垫，那可是真正的“天庐为衾，地为床”啊，戴着星星入睡，早上醒来，头发胡须上都染上了一层白霜。

我们起来的时候，大人们已经吃过早餐上工地了，我们开始走上了回家路，临行前，老奶奶还打发一句：“孩子，路在嘴上，你们问路回去吧，别走丢了。”说完又返回去，抓了一把黄豆子给我们吃，然后自言自语地说，“哎！民工是神呢，比天都厉害呢，不是你们这些民工，我们这烂泥湖怎么修得好咯。”

我“替父从征”的烂泥湖工地“突击”之旅，就这样稀里糊涂结束了。

直到好多年后，目睹那个生态治理浩大工程创造的奇迹，我才深切地感受到，烂泥湖创造了一个“人定胜天”的神话，当年来自四面八方的民工确实比“天”更厉害！

后记——

烂泥湖原名来仪湖，取凤凰来仪之美意，但因为湖区地势低洼，水系紊乱，每遭大雨，山水集注，洪波冲泄，又因堤身低矮，难遏客水之侵，故田畴易毁，十年九涝，种植无收，因而“来仪湖”变成了“烂泥湖”。

于是，在20世纪70年代，当年的益阳县人民政府，启动了一项声势浩大、全民参与的治理烂泥湖生态环境的工程。主政者忧民心切，民众踊跃相从。

主体工程竣工于1976年9月，历时三年，全县上下几十万民工，自备钱粮，不避寒暑，锄挖肩挑，风餐露宿，协力齐心，真正的前赴后继、无私奉献。历时之长，耗费之大，收效之巨，皆为益阳水利建设史上之空前。

此地曾经别

那天，我接到一个陌生的电话，邀请我到熟悉的一位朋友家去玩。早已过了好奇年龄的我，没有问对方是谁，就满口答应，如约而至。

推门走进朋友的客厅，就看见几位男士斜躺在沙发上聊天，略显发福的身体，衣着讲究，看不出职业身份，我好像认不出任何一张面孔。主人可能正在厨房忙碌，我也不想打扰他们的谈话，只有微笑着伫在那儿。

同样在打量着我的男士们，其中一位猛地站了起来，指着我叫起来："吴灿娜！你是吴灿娜！"话音未落，他已经走到我的面前，抓着我的手说："不记得我了？你真不记得我了？！无情，你真无情啊！"

"那你还记得我的手吗？看看我手上的这个疤，近点看，仔细看，这就是你当年留下的爱的痕迹。"也许是看到我一脸无辜的样子，他又开心地笑了，没有一点尴尬，"哈哈，不过，也是，都四十年了哦。"

这时坐着的几个人都站起来，走过来，一齐向我伸过手来："我们都是你的同学，你全都不记得了？我们可记得你啊。"通过他们一番争先恐后的自我介绍后，我记起来了，他们是我小学三年级时的同校同学。

那是一个疯狂的年代，当时的我并不明白，社会到底发生了什么，本在镇上读书的我，突然被赶到外婆家附近的一所村小上学。

我胆怯地走进那所学校，没有围墙，没有操坪，更没有什么体育活动设施，连教室里的课桌椅也是参差不齐。

正好是下课时间，泥巴坪里都是追逐玩耍、跳房子、踢毽子、弹弹珠的同龄小孩子，看到来了新同学，他们一窝蜂地围拢来，有人拉我的袖子，有人扯我的头发，还有人摸我的脸，我本能地往后退，拳头紧拽着，眼泪没有流下来，恐惧和委屈包裹着我。

几个女同学跑过来，把我护送进教室，争着拉我和她们挤坐在一条凳子上。

上课了，老师进来了，很和蔼，也很亲切，要我告诉同学们我叫什么名字，喜欢做些什么游戏，我说我喜欢跳皮筋、踢毽子、唱歌、跳舞……

渐渐地，我融入了这所学校。

这个小小的学校，加上老师都不到七十人，四个年级，两个复式班，一年级和三年级一个班，二年级和四年级一个班。两个年级在一个教室里，分两边坐下，老师进教室后，在黑板的一头挂上一个写满了作业题的小黑板，让年级高点的学生先做作业，先给低年级的学生授新课，讲完新课后，紧接着给他们布置作业，再给高年级的学生上新课。

课堂上相互干扰的事情此起彼伏，李戴张冠的情况比比皆是。老师向低年级提问时，做作业的高年级学生总会情不自禁地回答，高年级的作业本里，经常夹带着低年级的作业本，因为高年级的同学特别乐于帮学弟学妹们写作业。每个同学都知道某某同学迟到的原因、旷课的理由，甚至都能叫出全校不同年级的同学的名字，以及每个同学的绰号。

这个抓着我的手，说我无情的男同学，他的绰号叫卓雅，是当年唯一一个没有围观我的人。

他也是新来不久的同学，当时也是住在他外婆家。

他是自己一个人从武汉寻路回到湖南来的。即将失去自由的爸爸要他挽着一个比他身体还大的木水桶，忍心把他送上了回湖南的火车。木水桶是他妈妈出嫁时的嫁妆，木桶上原有他妈妈的名字，但已经模糊不清，木桶的另一边用毛笔新写了他外公的名字，外公是当时湖南学术界稍有名气的教授。

下火车后，他提着水桶无助地行走在茫茫人海中，茫然地随着人群移动。在熙熙攘攘的人群中，这个提着大木桶的小男孩，引起了两个年轻人的注意，他们发现了小男孩提着的木桶上，有他们教授的名字，他们既奇怪又欣喜，热心地把小男孩带回了大学校园，但教授的房间已人去楼空，他们仿佛明白了，这段时间，教授为什么没来给他们上课，经过几番周折，他们把小男孩送到了教授的农村老家，卓雅的外婆家。

当时，我和卓雅一样，像是一只惊弓的小鸟，生怕有突然来袭的意外，让我们无处躲藏。我们每天比别的小朋友守规、听话，处处小心谨慎，夹着尾巴做人。但我们的作业经常被老师表扬，还拿到全校传观。我们甚至成了全校有名的成绩好的学生。

直到现在，我都特别感激我当时的老师，对我们这些从外地插班过来的孩子没有半点偏见，还处处保护我们。

吃着主人端过来的点心，品着枫球和艾叶熏过的乡下绿茶，我们无拘无束，无话不谈，快乐地沉浸在信马由缰的回忆里……

卓雅突然转过头来问我，想不想知道，他为什么说我无情。我不知道怎样回答他，也不明白他要说什么，但我觉得很亲切，心里感觉很温暖。我无辜地望了一眼周围的几个同学，他们好像也不知道怎么回事，但却一个劲儿地起哄，要卓雅交代。

卓雅说，那个时候，他看到很多男同学为难我的时候，特别气愤，不知道这些人为什么，要欺负一个这样胆小聪明的小女孩，想为我鸣不平。看到我从来不反抗，逆来顺受，成绩却时不时超过他，不是他第一名，就是我第一名，他觉得我很优秀。终于有一天他实在忍不住了，跑到我面前，拉起我的手摸了一下，没想到我一把抓住他的手，用指甲狠狠地掐了他一下，掐破了皮，流了血，他悻悻地把手缩了回去，没有作声。

“四十年了，这件事一直藏在我心里，从来没有向人说起过。真的。”

而我这个当事人干脆一点印象都没有，纯粹就是个局外人，所以当他问我记不记得他的手时，我简直是一头雾水。我说：“我真的掐你啦？”

“不真的还假的啊？四十年过去了，我就是不明白，那时候，别人摸你的脸，你都不反抗，为什么我摸你的手一下，你就那么凶呢？”

◎ 走在曾经的小路上

“哈哈……”几个老同学都笑了，我也笑了，笑得很开心，虽然我也不明白，不明白我为什么会掐他，也不明白他为什么要摸我的手。

饭桌上，我们都喝了很多酒，很开心，很放松。没有人谈工作谈职位，不谈生意股票，也不谈自己的老公老婆，孩子房子。几个老孩子完全回到了四十年前的那所山村小学，跳房子，踢毽子，挽花绳，打包围圈……虽然我总是因输给他们而生闷气，但第二天还是会接受邀请，又玩成一片。

借着酒兴，我们天南海北，天花乱坠，高谈阔论，沉醉在儿时的“吉斯尼公园”里，找不到北了。

有个同学问我：“你知道为什么你总是玩不过我们吗？”

“为什么？”我也想知道。

“我们几个合伙作弊，你都不知道，哈哈，你真的好笨！”

“你知道你口袋里那条绿绿的胖胖的红薯虫是谁放的吗？” 直不大说话的那个同学东倒西歪地，指着自己说，“是我，我放的。那次你吓得放声大哭，真好笑，你那么大哭……”

两个男同学相互搀扶着上来跟我碰杯：“你那件新衬衣背后的蓝墨水，是我们两个甩上去的，”

“你头发上的油菜花，是上课的时候，我在你背后偷偷绑上去的，你听课听得那么认真，一点都不知道，还顶着我送给你的鲜花到黑板上去做算术题。”

“哈哈哈哈。”

“为什么啊，当时你们都那么讨厌我？”

“不！我们都喜欢你。”

"现在说出来也不怕你笑话，我真的很喜欢你，但不知为什么，又每次都害得你哭了。"

"其实，当时我们都想保护你。没想到，你后来突然转学了。"

"还有啊，上次母校捐资办学的光荣榜上有你的大名，庆功宴上怎么没有看到你人呢？"

那是好几年前的事了，原来的村小重建，村上发函邀请原来的村小校友，捐资重建母校，当时大家都奔走相告，热血沸腾，有钱的出钱，有力的出力，而且相约，新学校建成后，我们相聚庆祝，谁也不准请假。但那次我没有去成。

"学校建得很漂亮吧？"我很自豪地问。

"漂——亮！花了一百多万建成的教学楼，漂亮！气派！"

"但漂亮的教学楼，没过两年就闲置了。"

"怎么啦？"

"上面把学校撤并了呗。"

"学生少了，都到镇上或县城读书去了。不过，你放心，学校的功德墙还在，我们的名字都还在。"

"来，别说什么功德墙啦，那次聚会你不来，你害我们等了你那么久，卓雅说得对，你无情！你不知道我们喜欢你吗？"

"我们都想保护你，你却没有要我们当中的任何一个保护你，我们失败啊！"

"老实交代，现在谁保护你？"

"我老公啊，我老公保护我。"

"别骗我们啦！你老公能跟我们比吗？他有我们这样喜欢你吗？"

“你老公能像我们一样爱你？吹牛吧。喝酒！”

“喝酒！干杯！”

“干杯！为我们儿时的爱，醉了醉了……”

“我没醉，我才不会醉呢。”

“没醉最好，吃完饭，我们去我们曾经的学校参观参观，好不好啊！”我提议。

“好！”

“走啊！”

嘴巴说走，酒杯还在手里，趴在桌上的，歪在沙发里的，各不示弱。“我来开车，不就两百里路吗，这点痛，不，这点酒算什么，我的钥匙呢？”

“哈哈，你的钥匙在我的裤腰上。”

“哈哈哈哈……”笑声荡漾在浓郁的酒香里，自然、纯净，就像我们儿时的梦，暖人心怀。

“铁陀，你开车来接我们。”卓雅好像还很清醒，“我们要去你村里。他们都醉了，他们不行了……我们在哪儿？你问我们在哪儿？我们，我们‘野棠花落，曲岸持觞，此地曾经别’……”

我知道，四十年前的那所学校，我们今天是去不成了。

浪漫的诺言

仲夏的夜晚，高温逐日渐退，暖风吻遍池塘的荷叶，空气中飘荡着甜甜的笑语，歌声和喧嚷柔和地穿织在一起。

美丽屋场的村民们，自由自在地沉浸在热闹与祥和之中，唱歌的、跳舞的、游玩的、拍照的人们歌舞升平，霓虹灯下的乡村原来不比城里逊色。

他早早地做好了饭菜，在等待参加广场舞比赛的妻子回来。他满脑子萦绕着《萱草花》的旋律：

把它别在你的发梢，
捧在我心上，
陪着你长大了，
再看你做新娘，
如果有一天，
心事去了远方……

这是妻子参加比赛的歌曲，悠扬的旋律从村里的美丽屋场大舞台到回家的路上，一路跟着他，挥之不去。

他记得当时看那部电影的时候，根本没有感觉到里面的主题歌旋律，原来这么抒情，歌词更是触动他的心。老婆什么时候学会跳舞了？她以前陪着他挖田旮旯的时候，他怎么没发现她的腰身有这么柔软呢？今天要不要来个浪漫，给她一个久违的拥抱，还是送她一束地里的野花？

他扭开水龙头，拉着水管子把地坪反复地冲洗了好几遍，再把只有乡下才保存的凉床子搬出来，用凉水抹拭了一遍又一遍，用尽办法把热度降下来，等待凯旋的妻子。

晚饭过后，收拾停当，她安闲地躺在并不冰凉的凉床上，哼着自在婉约的曲儿。他搬来一把靠背木椅坐在凉床边，拿着一把大芭蕉叶，悠悠地给她打着扇。他把手伸给她，她也习惯地把手放在了他的手心里，满足而心安。

他说，这种待遇只有在孩提时代才享受过。

小时候的乡下，没有电，当然也就没有电风扇，更不要说空调。酷热难耐的夜晚，人们只能跑到野外寻找凉爽。大家都抬着凉床，搬着睡椅，到露天下休息乘凉，整个茅屋湾的人都凑在一起，好不热闹。

大人们谈论着家事国事天下事，天南地北，家长里短，小孩子借着月光围着大人们做游戏，尽管要遭受蚊子的肆虐攻击，但大家都还是很享受这个叫作歇凉的过程。

渐进夜深人静，玩累了的孩子们，往奶奶用凉水抹拭过的凉床上一躺，望着夜空里的星星，享受着爷爷奶奶拿着大芭蕉叶驱赶蚊子带来的丝丝凉风，听着那些不知听过了多少遍的神奇古怪的故事，酣然入睡，然后被大人们抱进屋里放到床上，那种感觉真是不知有多爽。

如今的夜晚很少再有人到野外歇凉了，家里都有空调电扇，不管多么炎热的天气，人们都能躲在凉爽的空调房里，吃着西瓜，看着电视，过着皇帝都没有过过的好日子。

可是他们两口子却还是喜欢在野外歇凉。每天吃过晚饭，忙完家里的事情后，她就用凉水把多年以来被汗水浸得金黄锃亮的竹凉床，抹拭几遍，他再把凉床搬到已被他冲洒了几次水的门前地坪上，然后两人安静地沉浸在这美丽的夜色里。

地坪的一侧，是他们家的花园和菜地，几只萤火虫掌着灯在上面巡飞，是微服私访打探蔬菜的闺中秘事呢，还是防着谁来偷菜呢？那萤火虫能抓得了的小偷，该长得多么的小啊……夫妻俩卿卿我我地聊着往事，看着那些从土里自然长出来的草本生命，园里那些不费笔墨自成色彩的嫣红葱绿，不由感慨万千，做梦都没有想到，农民还能过上这样的好日子——

老婆是他的初恋，他曾经一度认为她值得拥有世界上一切美好的东西。他曾暗暗发誓，要让她成为世界上最幸福的女人。这是一个发自内心的承诺，浪漫而衷心，但要真正兑现，谈何容易！

当她第一次来到他家，提着那一木桶水，不知道在哪儿洗澡时，他才发现，爱，不单单是甜蜜的拥抱和亲热。

他和她是在高中教室里相遇的。那是个万人同过独木桥的年代，农村的孩子只有通过高考，才能跳出农门，解决户口，参加工作，吃上国家粮。但大学录取率特别特别的低，一所农村里的普通高中，两三个毕业班，每年能考上那么几个大专或者中专就已经很不错了，能考上本科的真是凤毛麟角，有的班级甚至打赤脚，一个都考不上。

但是，今年没考上，改个名字，换所学校，明年再来，有志青年们都是屡战屡败，屡败屡战，高三毕业后，接着读高四高五的学生大有人在。

那时的他们虽风华正茂，但复读的压力让他们喘不过气来。他们不分昼夜地苦读刷题，晚自习后，教室里的灯熄了，他们就趁着上厕所的时间，站在厕所外的路灯下看一阵书，有的甚至躲在被窝里偷偷地打着手电筒看书。

他和她都是重读了两届的复读生，要是再考不上，就没有脸再继续重读了。爸妈每天在地里劳作，挣不到现金。爷爷为了帮他交每月六元的生活费，七十多岁了，还背着沉重的工具上别人家做木工，每月辛辛苦苦挣来的几张皱皱巴巴的毛票，全都给了他。每次榜上无名时，爷爷就说："去重读吧，我再背一年。"

但是爷爷也有背不动的时候，爷爷老了，身体一年不如一年。所以，他下定决心，今年一定要考上，如果再考不上，就坚决不再复读了。

她的条件比他好，她是沧水铺镇上的，离学校近，读跑学。但她的妈妈一直反对她继续复读，妈妈认为女孩子考学校太辛苦，不如早点到镇上的包装厂上个班，再找个好的婆家嫁了。

那天，她流着泪对他说："我如果拗不过我妈妈的坚持，我可能随时去镇上的包装厂上班，如果哪天我没来上学了，那就是我放弃了自己的坚持。”

他们无助地望着对方，无言以对。除了相互心疼，此时的安慰和鼓励都显多余。但他们还是相互支持，通过了筛考，参加了他们人生的第三次高考。

高考过后，一个漫长的暑假，一段痛苦的煎熬。热火朝天的“双抢”，野蛮而残酷，头上烈日暴晒，田里热水蒸煮。脚踩打稻机挥汗如雨，肩挑水谷子在水田里行走，拔不出脚来。昔日的读书人，起早贪黑，在田里摸爬滚打，没时间去打听，也不敢去打听高考的分数。

没有电话联系，所有的同学音讯全无，也不知道她考上了没有。要是她考上了，他就没有机会见她的面了。如果她没有考上，她就会赴工上班，他也没有机会见她面了。

绝望之际，埋头插秧，腰酸背痛，累死累活有谁怜。伸个腰歇歇吧，猛一抬头，看见远处的大路上有个熟悉的身影，好像是她！他不顾一身泥水，从田里爬上来，一路狂奔而去，真的是她！

他把她带回家里，全家人都乐开了花。妈妈淘米煮饭，爸爸烧水杀鸡，妹妹端茶打洗脸水，全家上下忙得不亦乐乎。上下屋场的人，都有心无意地路过来看看。

有人念叨着，年年复读，年年考不上。今年找了个乖妹子回来，也赚了。那个年代，考不上大学很正常，找不上堂客却让人唏嘘。

吃过中饭，全家人又去田里插秧了，只有他妈妈陪着她在家。

门前晒了一地黄澄澄的稻谷。地坪的周围，路边，菜园旁，门前屋后，见缝插针，到处都晒满了稻草。她忙着帮他妈妈晒谷翻草，拣菜，烧水。做完一些家务后，她准备回去了。从这里到319国道上的临时车站，只怕有四五里路，晚了怕赶不上最后一趟回镇上的班车。

她提着他妈妈泡好的一壶茶，准备送到了田里，顺便和他们道别。

刚出门，就感觉太阳阴沉下来，没走多远，突然狂风大作，乌云翻滚，好像听他妈妈大声在喊："要下大雨了，你叫他们快点回来收谷咯！"

她立马跑回来，帮他妈妈一起收谷，两人全力配合，竭尽全力，在瓢泼大雨落下来时，地坪里只剩下一两撮箕稻谷没有收进来了，只可惜那些快晒干了的稻草，和从田里跑回来的几个人一样，全被淋成了落汤鸡。

妈妈一个劲地表扬她，要不是她帮忙，一地坪的谷全被大雨淋湿不说，还不知道要被雨水冲走多少。

此时她十分狼狈地站在阶基上，衣服全被汗水湿透，紧贴着身子，让人尴尬，沾在身上的谷灰让人奇痒，又不好意思当着一家人的面抓挠，满身的难受和难堪，让她恨不得冲进大雨，一口气跑回家。

妈妈好像看出了她的心思，轻轻地对她说："孩子，别急，要回去，也等雨停了再说。我去烧点水，你先洗个澡，谷灰子在身上痒不过呢。"

一会儿，妹妹提着一大木桶热水，拿着一套衣服递给她："这套衣服我只去年穿过一次，你穿可能合身。"

她提着那一桶热水，却不知道去哪儿洗澡。他告诉她，妈妈和妹妹都是用大脚盆在猪栏屋里洗澡，而他和父亲就是穿着短裤，提桶水在阶基边下的晒谷坪里洗，夏天一般都是在渠道里洗冷水澡。

她不想共用他妈妈和妹妹的洗澡盆，但猪栏屋里有猪屎臭不说，地面是泥巴地，根本洗不了淋水澡。如果用洗澡毛巾从桶子揽出水来洗，那满屋子的水没地方跑，猪栏屋里会成烂泥巴。

正在她为难之际，他和他爸爸不知从哪儿弄来几块断窑砖，铺在猪栏屋的泥巴地上，让她赤脚踩在窑砖上，很不安心地洗完了那个澡。

高考分数出来了，没有出乎意料，两人都没有考上。她听从了她妈妈的安排，在镇上的包装厂上班。但没有听从她妈妈的相亲安排，力排众议，几经周折，还是从镇上嫁到了茅屋湾。

他在家帮父亲经营那五亩三分地，她就骑着一辆单车两头跑，周末或节假日就回乡下住两天，要洗澡了，就跑回娘家。她经常要从二三十块的工资里拿出一些钱来给婆家买农药、化肥、种子、除草剂，当然也不拒绝把婆婆家的鸡呀蛋啊、萝卜白菜带回镇上娘家。

不料，没过多久，包装厂越来越不景气，有时连工资都发不出来，最后还是倒闭了。她虽然不喜欢那份工作，但当她真正失去这份工作的时候，她却感到非常地难受，骑着单车赶到乡下，进屋就伤心地号啕大哭了一场。

公公婆婆和爷爷连大气都不敢出，问明缘由，才知道是饭碗丢了。爷爷露出缺牙，咧嘴笑了：“街上的饭碗丢了，就回乡下来吃饭，乡下不要拿工资也有饭吃。”

全家人都安慰她：“不怕不怕，我们乡下人自己种谷，自己栽菜，自家养猪养鸡，想吃什么自己做，饿不着你。”

从此，她甩掉高跟鞋，脱下裙子，换上裤子，跟着他去田里打谷子，插秧苗，甚至还一锄一锄地帮着他挖田旮旯。田本来是用牛耕的，因为他家里没养牛，耕田就只能租借别人家的牛力，但到了耕田的农

◎ 每一个老百姓，都能在绿水青山的怀抱里，尽享时光的浪漫

忙季节，家家户户都要用牛，往往很难租到牛，他就只好拿着挖土的四齿钉耙，到田里去一锄一锄地挖，人累得不行，进度还慢。妻子看不下去了，也扛着锄头和他一起下水挖田了。

他十分地惭愧和难过：“这不是你应该过的生活。”

她说：“我的生活就是和你一起面对生活。”

你耕田来，我织布，
你挑水来，我浇园。
寒窑虽破，能避风雨，
夫妻恩爱，苦也甜。

田野里经常飘荡着这对夫妻的歌声和笑声。

但是，紧巴巴的日子，并没有因为他们的勤劳和浪漫而有所起色。家里唯一的改变，就是猪栏屋里多了一块一米见方的混凝土地面，那是他和父亲花了好大的工夫，特意为她打造的一块洗澡坪。他爸爸放下面子，到上边屋场一家起屋的人家讨了半撮箕石灰，他跑到很远的河里捞了一些沙子，再从山边上挖了两担黄土回来，加水搅拌均匀，夯实在泥巴地面。

单调重复的日子让人迷茫，看不到方向。在爸妈的支持下，他们丢下田地，忍痛放下哭闹的孩子，跟着外出打工的大军，挤上了南下的火车，来到了广州。

在广州他们尝遍了人间烟火和辛酸，担过灰桶子，开过出租屋，搞过快餐店，什么能行什么来，哪行赚钱干哪行，风里雨里，跌跌撞撞，在他乡的土地上，一干就是十多年。

你在南方的艳阳里大雪纷飞，我在北方的寒夜里四季如春。

一天，他突然发现正在看电视的妻子，眼里噙着泪花，问她是不是想家了，她一把投入他的怀抱，放声地哭了。

其实他自己又何尝不是如此。为了赚钱，他们背井离乡，成了父母眼里越飞越远的风筝、越漂越远的船儿。而自己作为父母，每次出门，都作出各种各样的承诺，满载着孩子们的惆怅，再渐渐淡出他们的视野。

钱赚了，但他总觉得心里没底，感觉自己像是一朵没根的浮漂，在漫无目的地飘浮。在缺失了他和她的日子里，孩子慢慢地长大，父母也渐渐地变老了，他感觉心中有愧，这么多年来愧对父母和孩子，愧对村里那接近荒芜的几亩田地。

那一年，一场秋雨过后，他毅然放弃了广州的生意，提着行李，牵着妻子，踏上了回湖南的高铁，回到了他心心念念的茅屋湾。

茅屋湾其实早就没有了茅草屋，农民都住上了砖瓦房。只是因为村里没有什么产业支撑，经济相对落后，加上年轻人都出去打工，村里留下的都是些空巢老人和留守儿童，田地几近荒芜。

他回村的第一件事，就是用外出打工赚回来的钱，修了一条进村的水泥大道，这是村里的第一条水泥路，而且还在路尽头的小山丘上，建了一座漂亮的凉亭。人们很快就享受到了这条大路的优越，但怎么也理解不了这座亭子的浪漫。

但随着大路两旁蔬菜大棚的搭建，水稻收割机的开进，成片油菜的种植，休闲鱼塘的建设，周围山脚下的花木苗圃的成型，越来越多的村民，喜欢在茶余饭后走上凉亭，远眺村里的变化。

回乡后的他，尝试过各种赚钱的门道，开工厂，搞苗木，养甲鱼，种蔬菜，他就不相信不能让妻子过上城里人一样的美好生活。

一开始，办了个塑料粒子加工厂，收购进来的塑料堆积如山，招了十几个工人清洗还人手不够，又把塑料分发到各家各户，出工资让村民帮着洗，一时间，全村上下，塘里、坝里、渠道里，到处都是洗塑料的人，好不热闹。机器一响，塑料粒子哗啦啦地出来了，一大筐一大筐的，源源不断，那流出来的就是钱啊。

但工厂很快就被查封了，没有排污工程，污染了当地的水域，不符合环保标准，那么多机器成了一堆废铁，投资打了水漂。

他又在村里租了一百亩田地，从周围村里低价收购各种盛产的樟树、栾树、桂花树，移植在田里，再高价卖到全国各地，一本万利的生意做得风生水起。

但有天他从电视里看到一则关于退林还耕的新闻，他觉得很有道理，绿水青山就是金山银山。

他又花钱雇人，把满塅的苗木一棵一棵移到自家的自留山里。再翻转土地，建起了大棚，种植有机蔬菜和草莓。

大棚生产初见成效，他建议村委腾出一间屋来做图书室，他还为图书室买了很多关于农业科技的书，供村民们一起学习，共同富裕。

正当他雄心勃勃，欲大展宏图时，不料一场突如其来的冰雹，把他打回了原形。他关起门来，倒在妻子的怀里，半天没有说一句话。

“埋下一些美好的种子，只为心安，许下一些美好的愿望，等待继续，”妻子轻轻地安慰他，“你有理由等待更美好的继续，而没有理由气馁。”

这时，政府向他伸出了援助之手，给了他最大限度的扶持，他顶着困难，重振旗鼓，又开始了他的白手起家。

特别是政府投入资金加快社会主义新农村建设后，他联合回乡创业的一群年轻人，大胆创新，试图找出一条适合茅屋湾发展的新路子。他向村支书递交了入党申请书，还鼓励年轻人竞选村干部，当乡村建设的带头人。

多走的弯路都是为了看到更美的风景。没想到，社会发展这么快，只有几年时间，昔日的茅屋湾就发生了翻天覆地的变化，成了远近闻名的美丽屋场。

政府扶助农民发展种植业、养殖业，鼓励农民勤劳致富，种田种菜栽果树，养猪养鱼养鸡羊，精准脱贫。水泥路修到每家每户的屋门前，各家各户盖起了小洋房，自来水、天然气、有线网络、太阳能，城里有的，村里都有。

种植专业户的果园，吸引着远远近近的城里人来亲自采摘；大棚蔬菜深得城里超市的青睐；养殖专业户的鱼塘边坐满了喜欢垂钓的闲人；家里的土鸡土蛋，更是供不应求；村里的蜜橘罐头厂和生姜加工厂，吸引着一批批年轻人到村里来上班。连当年反对她嫁乡里人的小舅子和小姨子，都让自己的孩子到村里的加工厂来应聘上岗了。

夜，渐渐深了。湛蓝的夜空里，星星闪烁，远处还隐隐缭绕着歌唱的余音。两口子还在露天下歇凉，她要他挤上凉床睡一会儿，他说：

“可惜我年纪大了，抱不动你了。”其实，他很想把妻子抱进屋去，像小时候父母把睡梦中的他抱到床上一样，只不过现在的屋子里没有了蚊子，充满了冷气。

岁月永远年轻，我们慢慢变老，昔日的诺言还在心底，他没能让妻子成为世界上最幸福的女人，但我们赶上了一个美好的时代，每一个老百姓都能在绿水青山的怀抱里，尽享时光的浪漫。

在这个夜晚

这是一个亿万人期盼的夜晚。

浓浓的年味弥漫着整个夜空，爆竹声声，烟花灿烂，外出的游子拎着大包小包往家赶，万家团圆，相拥相抱，丰盛的年夜饭香喷诱人。

寒风卷着雪花，纷纷扬扬，铺天盖地飘洒下来，远处星星点点的灯火，让人感觉飘落到脸上的雪花，似乎有丝温柔的暖意。他紧赶慢赶，还是没有赶上妻子的拥抱。他答应一定赶回来送她上车的，但因为山火肆虐，实在脱不开身。

两小时前，妻子接到电话，医院批准了她的请战申请，立即参加抗击疫情医疗救援队，晚上就要统一乘车到长沙，连夜飞往武汉。因为新冠病毒肆虐，武汉告急，需要各地医疗救助，妻子第一个就报了名。

丈夫虽然有点顾虑，母亲瘫在床上没人照料，女儿还小，需要人关照，过年了，所有人都是往家赶，妻子却要义无反顾地往外跑。虽然心疼加难受，但他还是硬着头皮坚定地说：“你去吧，我们家了不起的逆行者！”

于是，两口子紧张地忙碌起来，一起倒腾着这顿情意绵绵的年夜饭加饯行宴，还要特意多做些菜肴，准备新年正月的待客之需。

母亲在床上轻轻地咳嗽，女儿在膝前跳来蹦去，高压锅上气的呲呲声，和电视里喜庆欢聚的音乐，交织成现实版的人间烟火，繁忙而热闹。

突然，紧促的电话铃响起：他所在的乡镇下面的一个村发生了山火！他丢下电话就跑，出门时丢给妻子一句话：“家里的事就交给你了。”

原来，不知道哪个从外地赶回来给祖坟点灯送亮的人，点燃香烛鞭炮，就急着回家团圆去了，没想燃烧的纸钱经风一吹，引燃了周围的干枝枯叶，酿成了山火。好在被另一个山头送亮的村民发现，及时电话报告村干部，全村人紧急出动，用电锯柴刀砍出隔离带，用拖把、树枝扑灭明火，还从家里拿着水桶脸盆，从山下的小溪里打水往山上跑，取水的人越来越多，一会儿大家排成长龙，一桶桶、一盆盆的救火的水，由无数双手传送，最后由无畏的勇士端着冲入火场，定点扑灭。

经过大家齐心奋战，大火慢慢被控制下来，村干部和镇政府的领导激动得双手合十，差点给村民们跪下来，要不是大家不顾生死的努力，这山火怎么能灭得下来啊，消防车也爬不到这山上来啊！

等他满脸乌漆嘛黑地赶回家，妻子已经在奔往武汉的路上。女儿一把扑在他的怀里：“爸爸，你怎么才回来啊？妈妈打了你好多电话你都不接，妈妈都哭了。”

◎ 寒风卷着雪花，纷纷扬扬，铺天盖地飘洒下来，远处星星点点的灯火，让人感觉飘落到脸上的雪花，似乎有丝温柔的暖意

“爸爸在救火，山火烧得树木竹林噼里啪啦爆响，爸爸听不到妈妈的电话。”他看到那么多通妻子的电话，心疼难忍，热泪滚落下来。

“我说了要妈妈别走，等爸爸回来，我们一起过年，一起放花炮，一起穿新衣服，一起吃好吃的，一起看新年联欢晚会……”他抱起女儿久久地亲了一下，把女儿亲成了个小花脸。

“可妈妈说，她不能等你了，她说，在很远很远的地方，有个小小的病毒在欺负人，她要去帮助那些受病毒欺负的人，消灭那个病毒，不能让病毒到我们家门口来，不能让病毒来伤害奶奶，伤害宝宝。”

“爸爸，还告诉你一个小秘密，妈妈在奶奶那里偷了好多尿不湿。爸爸，妈妈也尿床吗？”

整个大年夜，他都在想妻子现在怎么样，想着这餐隔山隔水的年夜饭，她会在哪儿吃，根本没有心思观看那精彩的春晚节目。他不放过能追寻到妻子音讯的任何信息，手机里的信息提示，电视里每个身穿白大褂的画面，甚至屏幕下方一闪而过的字幕，他都一个不落地盯着。

接下来的几天，报道医务人员不计生死抗击病毒的感人事迹越来越多，电视画面里，白衣天使那圣洁的身影让他激动，他念着每件防护服背上记载的名字，他不知道那厚厚的防护服里，哪个是他的妻子。

直到第四天早上，期盼的铃声突然响起，“你还好吧？”几乎是同时，两人发出相同的问候，倾吐出心底的思念。

看着视频里的妻子，他心疼难忍，这才几天啊，那么精致漂亮的一个女人，现在怎么成这样：面部像是浮肿，又像是伤痕，亲切的笑容难掩满脸的憔悴，声音嘶哑，能感受到她明显的力不从心。这几天她到底经历了什么啊！

宝宝亲热地凑过来，一把抢过爸爸的手机："爸爸，这是谁啊？"

"宝宝，我是妈妈呀！"她的泪水在眼眶里打圈。

"你不是妈妈。妈妈脸上没有疤，妈妈的头发有漂亮的卷卷……"宝宝伤心地大哭起来。

"孩子，你脸上怎么啦？又红又肿，还贴着创可贴。你怎么舍得把头发剪了，年前才做的鬈发，那多漂亮啊！"婆婆心疼得老泪纵横了。

"没事没事，看见你们就好了。"她含着泪，强忍着，笑得很真实，笑起来还是那么美，"刚从隔离病房换下来，我要去睡觉了。"

"去吧去吧，看见你就放心了。造孽哦，孩子都累成什么样了！"

"妈妈，你什么时候回来啊？你抓住那小病毒了吗？脸上是不是被小病毒抓破的？要不，我和爸爸来给你帮忙，我们一定要打败小病毒！"

"放心吧，现在有好多医生阿姨和医生叔叔和妈妈一起，在这里抗击病毒，还有好多解放军叔叔也和我们一起在战斗，我们一定很快就能打败病毒的！"

"妈妈，你快点回来哦，你不在家，我睡不着，爸爸也睡不着……"

"好，妈妈很快就回来……"

"别说了，照顾好自己，等着你凯旋。赶紧睡觉去吧，吻你。"他关掉了视频，后面两个字说得很轻很轻，几乎自己都听不到。

"爸爸，你刚才吻了妈妈，你也要吻我。"

"爸爸哪吻了妈妈，没有。"

"爸爸吻了，只是妈妈没有听见，但我听见了。"宝宝从爸爸的大腿上滑下来，一本正经地望着爸爸，“爸爸，你说，妈妈能打赢那些病毒吗？”

“能！一定能。全国有好多医生护士都和妈妈一起在那里打病毒，他们都和妈妈一样勇敢坚强，一定很快就能战胜病毒的！”

“耶！太好了！”她两步跳到奶奶跟前，“奶奶！奶奶，我妈就快回来啰！”

看着孩子开心的模样，那样没心没肺的，她哪里知道，有多少医护工作者，像她妈妈一样，舍家离乡，逆行千里，正在用自己的生命与病毒搏斗。他顿时感到，平时柔柔弱弱的妻子，竟如此了不起。

突如其来的疫情偷袭，拉远了人们回家过年的距离，阻隔了多少家庭的新年团聚，但中国人从来不惧怕困苦与磨难，汶川地震、抗洪救灾、非典战疫，一次次都挺过来了。中国加油！武汉加油！孩子她妈，你更要加油哦，尽快战胜疫情，安安全全地回到家里来！

转身遇到爱

小雅是个典型的南方女孩，在春水荡漾的湘南长大。也许是南方湿漉漉的空气润泽了她们的皮肤，她和许多南方女子一样，典雅俊美，鲜亮可人，对爱情和婚姻有着浪漫的憧憬。

她曾经设想过将怎样开始自己的爱，把初恋给一个真真正正英俊完美的男人，轰轰烈烈地爱一场。

她经常憧憬着，自己该找一个什么样的男朋友，长得帅的、家庭条件好的白马王子，她在书本里寻找，在电视里追剧，希望遇到她理想中的模板。她喜欢南京男人那种既不大丈夫、也不小男人的闲散的气质，又钟情上海男人风度翩翩，迁就女人，看重家庭的那种“上海制造”的世俗，佩服广州男人“爱拼才会赢”那种财大气粗，爱杭州男人的温柔体贴，爱北方男人的血气方刚，欣赏西安男人的苍凉壮美，陶醉于北京男人的那种“侃爷”以及愿和你慢慢变老的浪漫，她认为最拿不准的就是深圳男人，他们来自五湖四海，浑身充满了发财的激情和紧迫感。

而她偏偏就是在深圳这块最拿不准的地儿，遇到了她生命中的他。

那是20世纪80年代末，大学毕业几年了，她还在事业情感上徘徊不定，高不成，低不就，一时间找不到满意的工作，家里又催婚，走到哪里都总感觉有异样的眼光盯着。于是她狠下心，跟着下海的浪潮到深圳闯世界来了。

那是个炎热的夏天，她悻悻地走在大街上，又热又燥，想起刚才的应聘结果实在不甘心，怎么不再去试试？

走！猛一转身，与到深圳销售塑料制品的他撞了个满怀。满是尴尬中，他先说了对不起，问什么事情让她这么大的火气，并迅速帮她捡起散落一地的应聘资料。也许是不经意间说漏了嘴的一句家乡话，让他们一同走进了街边的一家冰吧。他说："我叫李蛮，在家乡，大家都叫我'蛮哥'，你就叫我'蛮哥'吧。"

蛮哥并不蛮，一米六八不到的个子，清清瘦瘦的，是那种典型的"内秀"加"外秀"的湖南满哥。

有人说湖南男人天生是政客，太理性，只可以做生意伙伴，不适合做朋友。再说蛮哥离她的恋爱目标相差甚远，他不是住在她憧憬中的那些城市，也没有她想象中的白马王子英俊高大，是属于那种她"最不愿嫁"的男人。

但她对他却有种一见如故的感觉，他那浅浅的笑让她感觉轻松自在，她觉得他笑起来很像秦牧，除了身材外。她喜欢听他用蹩脚的益阳普通话描述着他的家乡，他的工厂，他的工人和他的发展蓝图，让她觉得他周围的一切不知道有多美，有多可爱。他的细心和周到，让她觉得眼前这个年轻满哥就是她的哥哥，在家里什么都宠着她的哥哥，

◎ 小雅是个典型的南方女孩，在春水荡漾的湘南长大

虽然他比她还小一岁。

于是，当他听说他的厂里正需要一个像她这样的大学生的时候，她不自觉地跟着他回到了湖南，回到了他的老家益阳。她没想到这么快就开始了自己的爱。那么自然，那么简单，那么不经意，甚至有点让人失望。

这是一座古老而宁静的小城镇，随着改革开放的深入，新兴工业正在这里悄然兴起，滔滔资江水，巍巍碧云峰，加上忙忙碌碌的人们，让人感觉这是一个充满生命力的小镇。

刚走进他的王国，小雅终于有种被骗的感觉。二十人不到的工厂，没有围墙，而且发现有好几个工人都不健全，跛脚的、断手的，看上去好不正规。看到他回来，整个厂房里欢呼起来，一个言语障碍者拽着他的胳膊，叽里呱啦地叫嚷了半天，不知道在和他诉说什么。

等他们平静下来，他把小雅推到他们面前说，这是我们厂请来的“财务总监”。他们并没有放下手头的活来鼓掌欢迎，只一个劲朝她傻笑，亲切地笑。

他的福利工厂创建的初期，遭到了来自各方面的压力，父亲曾愤怒得要打断他的腿，母亲伤心得要喝农药，大学里和他相恋了三年的女同学也说他没有出息，离他而去。

但他的爱还是感动了身边的残疾人，感化了周围的乡亲，得到了社会和政府的关心和扶持，工厂办得越来越红火，建起了漂亮厂房，由开始的福利工厂变成了日进斗金的盈利企业，规模越来越大，成了当地的纳税大户。

厂里的人告诉她，村里的学校是他捐资建的，贫困孩子的学费是他出的，孤寡老人的生活费是他给的。发洪水的那年，他毫不犹豫地捐出了几十万只编织袋，组织车队，自己连夜开车送到灾区，不说感动中国，至少感动了湖南。

在这洋溢着爱的小镇上，小雅和洋溢着爱的蛮哥拜堂成亲了。结婚后的小雅尽情享受着生活给予她的一切，她是那么珍惜那属于她的东西，她两眼含情地盯着她的蛮哥、她的爱巢、她的厂房，她那些触手可及的实在。

而蛮哥看着小雅日益圆润的肚子，那浅浅的笑脸变得更加灿烂温存。每次到家后总要先用舒肤佳清洗双手后再接触她的身体，抚摸她的肚子。他不让她再进厂房，她就在家里看看书，听听音乐，把厨房收拾得像现代艺术馆似的，大大小小的锅碗瓢盆，大叉小勺，干干净净地挂满了墙壁。她喜欢在厨房里忙碌时，蛮哥从身后伸过手来的那一揽，温暖而舒适。不管手里的活有多忙，她都会回过头去接住他的嘴唇，她希望自己的男人能从这里汲取爱的源泉，再把他的力气、智慧和才能施展到他钟爱的事业中去。

可是，就在她接近预产期的一段时间里，他整天闷闷不乐地待在家里，没有出去跑销售，小雅首先还以为是因为担心她身体才没有出去，一问才知道厂子好久没有生产了，他说不办这个厂子了。她和他好说歹说，吵过骂过，哭过闹过，但都无济于事，问他原因，他只说为了孩子，他还说自己是罪魁祸首，好心办了坏事。

小雅明白了，他说的是白色污染问题。但上面还并没有问责下来，何必自己先自寻烦恼呢。这么大的厂子，停一天产，是多少损失，就算不生产了，已经生产的产品还是要卖出去吧，压着这么多产品，那是多少钱啊？

以后的日子像走在刀刃上，一个上千万元规模的企业转型谈何容易。他说他要到江浙一带去考察一圈，想学学人家的先进企业。小雅泪眼汪汪望着丈夫离去的背影，没有说话。

人们说女人生小孩是闯鬼门关，与死亡只隔一扇门。但小雅知道蛮哥的内心煎熬，不亚于女人的阵痛。她只希望他能早点回来。回来陪她一起迎接他们的孩子。

临产的那天晚上，小雅害怕极了，难过极了，她多么想他现在能在她的身边握紧她的手，痛苦的眼光望着门外，希望他突然出现在门口。她感觉她一定会死，她对她婆婆说，她不想生了。她甚至希望自己就那么痛死，那样他回来再也看不到她了，让他后悔一辈子。

痛苦的蜕变之后，蛮哥的企业又上路了。经过将近五年的艰苦创业，他的联合机械制造厂已初具规模，注册资金六千万元，工人上百人。主要生产竹制品加工机械和茶叶加工机械，他真正开始实现他“益阳制造”的梦想了。

当别人夸他儿子像他，长得好时，他那成功的自豪溢于言表：“当然！真正的‘益阳制造’嘛。”

按部就班的生活，平凡而安逸，洋溢着简单的幸福。

不料突如其来的汶川大地震，震动了四川大地，牵动了全体国人的心。当蛮哥从电视里看到那些救助者用血淋淋的手在废墟下挖掘生命时，他立刻通知工人连夜加班，设计制造短柄板锹。

工厂员工连续奋战两昼夜，制造了三百把短柄铁锹，他带上十个年轻力壮的工人，冒着夜雨开车上路了。

整个晚上，小雅不停地和蛮哥电话联系着，蛮哥一路上安慰着小雅，并哄着她，要她早点睡觉。

天亮前，小雅就和蛮哥联系不上了。

一连五天，她都得不到他们的任何消息。她不知道他现在到达了哪里，也不知道他们怎样吃，怎样睡。她只能每天以泪洗面，紧紧地抱着儿子，整日整夜地守在电视机前。看到电视里满目疮痍的画面，看到那些被埋在废墟里的老人和孩子，看到那些为生命而战的男人和女人，她的心在颤抖。

她希望能在电视里看见丈夫的身影，每闪过一个相似的背影，她都会心跳加快，恨不得用遥控把那人摇转身来，看看是不是他。眼睛搜寻着屏幕上的每个男人，但都不是她的男人，那是别人的男人。

那么多人的男人都在那里救人，都在往那里送钱，送物，送血，送爱。救人者和被救者都是英雄，整个灾区到处都能遇到爱，感天动地的爱。

第六天早晨，小雅收到了一条信息："平安。赶快捐款。"这是蛮哥的信息。小雅哇的一声哭出来，蛮哥没事！他要她去捐款。小雅立即拨通了抗灾爱心捐款热线，捐出了五十万元。她如释重负对孩子说，你爸还活着，你爸还活着！你爸快回来了。

随后的几天，小雅白天带着孩子往厂里跑，晚上搂着孩子在家里等，她期待着那熟悉的脚步声，好多天没有听见丈夫那磁性的声音了，她思念他那浅浅的笑容，想他那暖暖的呼吸，她等着他回来。

伤心“太阳燃”

村东头的王奶奶最近一段时间总闷闷不乐，不知道什么原因，这死老头子竟和她唱对台戏，特别是买了这个太阳能热水器以后。

年那边，王奶奶早早地开始了过年准备，杀鸡宰鸭，蒸鱼熏肉，楼上楼下打扫得干干净净，还一个劲地逼着老头子干这干那，锯木头，劈柴火。

老头子劈了一些柴就不想干了：“不是买了电热器和电火箱吗？还劈这么多柴干什么？”

“烧水啊，孩子们都回来了，洗脸洗脚，洗头洗澡，要烧多少壶水，你知道吗？你没帮我提过一壶水。”

“那就干脆去买个洗澡器回来，不要你烧水了。”

读小学的孙子告诉他，那叫热水器，不叫洗澡器。

“就你清白！”孙子的头被狠狠地磕了一下，“那你知道哪种热水器最好吗？”

“我不知道。”孙子无辜地望着爷爷。

“不知道还这么多话？”

第二天，老头子真的买回来了一台热水器，同车还来了两个年轻师傅，两个师傅来不及喝茶，就一气爬上了屋顶。

王奶奶双手端茶望着屋顶说：“这是什么热水器啊？你们爬到屋顶干什么咯？”

“你真是个笨老婆子，这叫太阳能热水器。不用烧柴，也不用烧气，就用太阳烧热水，没见过吧？”

“世界上还有这么好的东西？不要烧柴，不用烧气，就用太阳把水晒热？”她平时热天里也经常提桶水放到太阳底下晒，夏天烧水是个很热的事情，她想偷个懒，但晒热的水，等到晚上洗澡的时间就凉了，“那这个东西能保证晒热的水不冷吗？这么好的东西那不得花好几百块钱啊？”

“哈哈，好几百块？我就知道你舍不得。告诉你吧，是好几千块呢。”

“啊？这是什么牌子的热水器啊？怎么要这么多钱啊？孩子们买的都只要几百块呢。”

孙子连忙告诉奶奶：“这是清华阳光太阳能热水器，和爷爷上次买给明哥哥和军哥哥的电脑的牌子，有两个字相同。电脑叫清华同方，这个热水器叫清华阳光，这都是很贵的牌子呢。”

“又是清华，为什么一定要买这个牌子的呢？花了这么多钱。”王奶奶的声音并不大，但老头子还是听到了。

“老子就要买这个牌子的，就喜欢这个牌子。谁叫你生的三个儿子都没有考上清华，让我说不起。”

“神经病，这也怪我呀？”

“不怪你怪谁？人家秋婆婆怎么就生了个清华大学生呢，当年秋老官读书哪样比得上我？”

屋顶上的小师傅说，伸到屋顶上的树枝太多，会影响太阳能热水器的效果。王奶奶赶紧拿来砍刀，要老头子递上去。

老头子却把砍刀狠狠地扔在地上：“不砍，树是老子栽的，就不砍，起屋的时候我说了要起三层，就是你这个笨老婆子不肯，还说我是钱多了烧的。现在好了吧，装个太阳能却晒不到太阳。”

“怎么又怪我呀？”

“太阳燃”安上了，树枝当然还是砍了，砍刀是小孙子递上去的。原来装上“太阳燃”这样方便哦，洗碗，洗菜，洗衣服，搓抹布，都可以用热水了，一双手再也不用在凉水里冰了，真方便。

但冬天的太阳还是太少，热水有点供不应求。可老头子却喜事老倌一样，时不时喊别人来用热水。今天喊这个来洗菜，明天喊那个来洗衣，特别勤快的是，他几乎天天都去喊秋婆婆来洗这洗那，迎来送去的，还一个劲地在别人面前吹：这样的“太阳燃”真好，不用烧气不用电，大手大脚用热水不用花钱，下雪落雨没太阳的天，也有热水。

其实，老头子是按了那个“定时加热”的按钮。孩子们告诉王奶奶，尽量不要按“定时加热”，那比用电热水器还耗电，她也说过老头子，可他就是不听。好几次，他打开电加热，王奶奶趁他转身就把它关了，可他回头又把它开了，她又偷偷地关了。为此，老两口子不知道扯过多少皮。

有一次，老头子按下按钮就出去了。过一会儿，就引着秋婆婆过

◎ 老姐妹们在一起经常笑得合不拢嘴，也经常讲得哭哭啼啼，再好过的日子，哪家没有个鸡婆脚痛的伤心事哦

来了，还帮她提着桶子，端着盆子，一副勤快的样子。

王奶奶看着就伤心，死老头子怎么就从来不帮帮我呢?

老头子拧开水发现又是凉水时，免不了狠狠地瞪她一眼，甚至使劲地拧她一下，让她痛得眼泪都流出来。虽然他们经常吵架，可以前他从来没有弹过她一指头呢，这死老头子真是鬼迷心窍了。

王奶奶真的伤心了，她又开始用凉水淘米洗菜，洗被子洗衣，不再动“太阳燃”里的热水。老头子问她为什么不用热水洗，她不无赌气地说：“留给别人用吧！我生得贱，洗冷水没关系！”

终于有一天，王奶奶病了，而且病得不轻。孩子们都急了，左右邻居也都来看望她，在大家的印象中，王奶奶好像从来没有这样病过，躺在床上起不来。死老头子却整天乐呵呵的，一个劲地说：“病得好，病得好。”

孙子瞪大眼睛望着爷爷：“爷爷你怎么这样说话?”

儿子疑惑之余有些愤懑：“老爸，这话什么意思?”

“你妈妈呀，是个典型的死要面子活受罪的笨女人，她要不是病了，她会需要我端茶倒水?能让我这样摸摸她的手吗?”

老头子给孩子们讲起了自己四十多年前的一段往事：

“当年，经人介绍，你妈第一次到我家来，你爷爷奶奶准备好了饭菜，理应是吃了饭后我跟着她一起到她家看亲的，但她说天快下雨了，执意要走，没办法，我只好拿把雨伞跟在她后面，她甩开我至少有十步的距离。

“半路上，真的下起雨来了，我紧跑几步把伞递给她，她接过伞，自顾着往前赶，几步又把我甩开了。雨越下越大，我的全身都淋湿了，就要她慢点走，让我共用一下伞，没想到她把伞丢在地上，连头都没回。

“我只得捡起路边的伞来，赶紧追你妈，近二十里的路程，我就这样在雨中跟在后头走，走到你外婆家，我们两个都成了落汤鸡。那狼狈的样子真让人难堪，那可是我第一次到你外婆家呀。”

孩子们都哈哈大笑起来：

“好浪漫哦！”

“哈哈！真正的雨中情。”

“笑！还笑？老子打死你们这些鬼崽子！”

王奶奶也跟着笑了，笑着笑着，鼻子一酸，又泪眼汪汪，伤心地哭了起来。

孩子们都不知所措，赶紧安慰起来。

老头子连忙把孩子们往外推：“出去吧，你们都出去，老婆了交给我就是了。我晓得她的眼泪为什么流，只有我知道她心里想的什么。现在我也是你妈妈肚子里的蛔虫了。”

王奶奶病好后，来家里用热水的人更多了，都是王奶奶叫来的，现在老头子不只帮秋婆婆的忙了，哪个婆婆子的忙他都帮。

老姐妹们在一起经常笑得合不拢嘴，也经常讲得哭哭啼啼，再好过的日子，哪家没有个鸡婆脚痛的伤心事哦！

含羞草

我想，如果不是表婶经常说，山上有位与我同年的表哥，我也许早就走熟了这条被青草与苔藓覆盖的小径。它随意摆动在山间，像条安闲而又劳累的爬虫，缓缓地向山腰爬去——

半山腰上——小路的尽头，是表婶的家。表婶说那里有她的花园，花园里有我喜爱的含羞草。

说我喜爱，其实我还从来没有见过一次含羞草。只在读初中时，跳过一个《含羞草》的舞蹈，大家都说我跳得好，他们哪里知道，那是我的老师导演得好。

那次表婶也去看了，她还给我取了个“通花草”的绰号。

“通花草”是我们这一带对含羞草的别称，常用来形容那些惹不得的、动不动就哭的孩子。所以我很不喜欢这个名字。后来，表婶为了得到我的欢迎，到底还是把俗称改成了“含羞草”。

表婶常来我家，特别是逢年过节，总要来住上几天，她说我们家离镇上近、热闹。

其实，只有她来了，我们家才真正热闹：村里孙老头抱孙子了，孙子和孙老头长得一模一样；文家屋场里的架子猪涨价了，这一批出栏，只怕会赚千儿八百；勘探队养的猎狗，可以代替看山员守林子呢；还有，王家村里的俊妹子，公家塅的细满哥……

她捕风捉影，张冠李戴，都可列入她的演讲范围。偶尔我说一段平淡无奇的传闻，能引出她好几个情不自禁的惊呼："真的啊？！""呵也！""你看好笑啵！"

有趣的是，她听不懂普通话，却又偏偏要跟着广播里念，把"本台消息"跟成"本台小姐"，把"刚才最后一响，是六点钟"说成"刚才叮咚一响，请留点神"，听得人无不捧腹，笑得肚子疼。

唉，你说她住在这青秀山顶上，天天日出而作，日落而息，每天就知道打理她的菜园子，伺候着家里的鸡呀猪的，从来不与外界接触，哪里来的见识，也难怪她少见多怪……

"哎？！那不是我家'含羞草'吗？今天怎么走错路啦……"

像一串银铃炸了似的，从山腰上滚下来，荡动了满山凝脂般的雾气——我的表婶，你这一声，没把你的"含羞草"吓蔫才怪呢！

不容分说，我被推进了她的领地，她的王国，她的菜园式花园。

一幅五彩斑斓的花草图展现在我的眼前，韭菜、莴笋、月季、兰花、蔬菜花草，各具情态，在无声的微风中，显示出有色的生命。

茎呈四棱的薄荷，躲过一些"高空作物"的遮挡，喜气洋洋地聚在一起；花大而艳的金镫子亮着粉红的笑脸，好像在对我打招呼；特别是那娇美的玫瑰，像准备入浴的仙女，对着暖烘烘的空气，袒露出丰满的胸部；还有亭亭玉立的百合、郁郁葱葱的菖蒲、茂盛簇拥的艾叶……只有那些要在初秋才开的桂花、深秋才表情的菊花、任凭春风和太阳怎样撩拨，它们还是安然地闭目养神。

“表婶，你的花可真不少啊！到处都是留连戏蝶，自在娇莺哈。”

“是吗？上次省里来了几个人，也说我的花多，还说我是‘王四娘家花钵子’。”

哈哈，确实是“王四娘家花满蹊”。

“表婶，你不是花钵子，你是花博士。”

“哦？！花博士是什么呀？他们南腔北调，我听不懂，反正由他们说。他们还给我照了张相，嘿嘿，我从未照过相，真羞死了，旁边的含羞草还没低头，我就把头低到了胸门口……”

“真的？含羞草呢？含羞草在哪里？”

“在那边，你去羞它吧，我去拿相片给你看。”

呵——好极啦！我真的要看到含羞草啦——

含羞草，
草含羞，
见人便低头……

我哼着那首熟悉的歌，我又想起了那熟悉的舞蹈——多么优美的动作啊：右膝跪地，左脚向前伸出，双手从膝盖处抬升，扬过头顶，腰身缓缓后压，直到身子贴在地面，双臂软软地落在和腿同一直线的地面上……老师说，这个动作要表现出含羞草含的敏感、害羞、恬静、优美。

◎“通花草”是我们这一带对含羞草的别称，常来形容那些惹不得的、动不动就哭的孩子

我特别喜欢那位教我们跳这支舞的老师，她年轻漂亮，笑起来更美，说话的时候，两个小酒窝一动一动的，让人很想去捏捏她的脸。而且年轻漂亮的老师还知多识广，她好像什么事情都知道，她一说话，我就盯着她的嘴，生怕遗漏了从她嘴里面吐出来的知识。

她教我们跳舞时，总能想出一些稀奇古怪的，非常优美的，难度很大的动作，一边跳，她还一边问我们："你们知道含羞草为什么含羞吗？"

她告诉我们，含羞草的叶柄上有个膨大的部分，那是叶枕，叶枕里面充满了水，不动它时，水分均匀分布，叶柄和小叶片都伸张着；如果触碰它，叶枕内的水液便立刻向各处流动，叶枕变软，叶柄跟着低下头，叶片也随着闭合起来……多么奇妙的草啊！

我们望着老师，真希望从她那张芙蓉般俏丽的嘴里听到更多更有趣的知识。可惜，她说，我们村里孩子见识太少了。

我惬意地徜徉在表婶的花园里，寻找着我梦中的含羞草。是这个吗？长长的叶子，翠蓝翠蓝的，可是触了它好几下也不弯腰；那个呢？软软的叶茎，墨绿墨绿，然而，我把它撩来拨去，它都不在意，好像它从来不知道什么是害羞。

那么，前面那一丛一定是了，和大蒜一个样，我欣喜极了，悄悄地走近它，用手轻轻地向它点去——"哈哈……"一串炸雷似的笑声把我惊住了。

"我的大小姐，这才是含羞草呢！"顺着表婶的手势，我看见的是一丛单株直立的、叶子有点像狗牙齿草一般的、小树苗似的植物。

小草的叶片是复叶，每一大片叶子都含有两对羽片，每支羽片又由十几对小叶片组成，小叶片偏长，像一粒粒的黄瓜子。

怎么是这个样子？疑惑中，表婶拿起我的手，轻轻地捅了它一下——奇迹一般的小叶片立马闭合，叶柄下垂，像一个玩累了的孩子，蜷缩在母亲的怀里，真是神了！

我望着这株胆小敏感的小草，心里有丝隐隐的心疼，我本能地想用手去抚摸它，但我又不能再触碰它，我怕它会更加一蹶不振，我只能蹲在那儿，用心默默地安慰它。

一会儿，它又慢慢地恢复了原状，宛如一位脉脉含羞的姑娘躲过她恋人火一般炽热的眼神后，又大大方方地恢复了迷人的美貌，叶柄挺挺的，小叶片也张得开开的。

真是一种生性奇特的花草，难怪人们给它取了个这样别致的名字……可是我们那次跳舞，每人拿的却是一株大蒜啊，老师还说："含羞草就是这个样子。"

可怜的含羞草，我的脸上像有小虫子在爬，痒痒的，却又抓不着，人十分的不自在，心里感觉有什么东西堵着，有种不知是后悔，还是尴尬的东西卡在那里，吞不下去，却又吐不出来，难堪得让人有点窒息。

"看吧，我的丑相，头低得连脸都看不见了。"

"是吗？"啊，头是太低了点，可是，看不见似乎还好点，像真的含羞草一样。

上次，我还把那个舞蹈教给了我的学生，而且也说了句"含羞草就和大蒜一个样"，啊，真羞啊！

我为什么从来不问一问别人呢？如果早些接受表婶的邀请，来这山上看一看，也不会……表婶也是，看见我们拿大蒜跳舞也不提醒我，让我出丑……

多燥热啊！我的脸一定红透了，幸亏表婶进屋去了，要不，她准会说我红得像一朵玫瑰啦，美得像一朵牡丹啦，最后还会说一句“我的含羞草小姐”。

“喂！吃饭啦！吃了饭，我再陪你去看吧，今天有你喜爱的菜。”

“什么菜，表婶？”

“喋！含羞草炒肉。”表婶把碗揭开，浓郁的大蒜香味扑鼻而来——

啊！我那羞人的“大蒜舞”。

两只红手套

寒风夹着雪粒吹打着北面的玻璃窗。不一会儿，下起了鹅毛大雪，纷纷扬扬的，一下模糊了我的视野，透过层层叠叠的雪幕，我等着我期盼的身影出现——丈夫和女儿，盼他们早些回来，今天是我的生日。

早晨丈夫出门时，我就听见他说今天要去买个生日蛋糕，喜得女儿手舞足蹈、神采飞扬地说："哟！我今天又过生日哦！"乐得我和丈夫都开心地笑了。

确实，我很开心。女儿都六岁了，丈夫终于有记得我的生日的一天，我好感动。自从结婚后，每年的生日，我都有种淡淡的不可名状的忧伤，总怀念在家做女儿过生日时，外婆递过来的那一个热乎乎、香喷喷的烧鸡蛋。

我们小时候，根本没有生日吃蛋糕这个概念。从我记事起，我就是住在乡下外婆家，当时在困难时期，感觉我们小孩子经常处于一种饥饿的状态，到处找吃的，好像到别人家的菜园子里偷瓜果吃并不丢人。

可外婆一直不准许我同小伙伴们去串别人家的菜园子，承诺只要我不到外面去偷东西吃，生日就烧鸡蛋给我吃，我几乎年年生日都吃到了烧鸡蛋。每次生日外婆给我烧鸡蛋时，都要先拿着鸡蛋在我身上象征性地滚几下，嘴里念念有词：一滚一年，一滚一年，快快长大。

那个时候真能感受到生日的快乐，生活的温暖。

如今自己已为人妻，且为人母，只有我做贤妻良母的分儿，哪还有谁来顾及我的生日？要不是那天，刚上幼儿园的女儿放学回家问我们，“三月八日是妈妈的节日，妈妈的节日是不是妈妈的生日？”问出我的生日，也许老公现在也还不知道我的生日是哪一天。

天都快黑了，还不见父女俩回来，我只得进屋把饭菜又重新热了一遍。

“妈妈！吃蛋糕哦！”迎着甜脆脆的叫声跑出门来，站在我面前的是两个乐呵呵的雪人。女儿来不及抖身上的雪，就乐不可支地从单车前面的菜篮子里，拿出一个沾满了雪的塑料包，塞在我手里。

我捏了捏手里的塑料包，喜出望外地感觉所剩无几，取而代之的是一阵茫然：“这是什么？”

“蛋糕呀。特意给你留了一块蛋糕。”

不错，是蛋糕。是一块切下来的三角形的蛋糕。

“妈妈，原来今天不是我生日，是爸爸的一个学生过生日。这块蛋糕是他奶奶一定要我带给你吃的。她说妈妈肯定也是一个好老师。”

“就是那个作文里写‘我是一根草’的学生。”丈夫补充了一句。

“哦，难怪回来这么晚。”期待了一天的心不禁又充满了伤感，原来他根本不知道我也是今天生日。

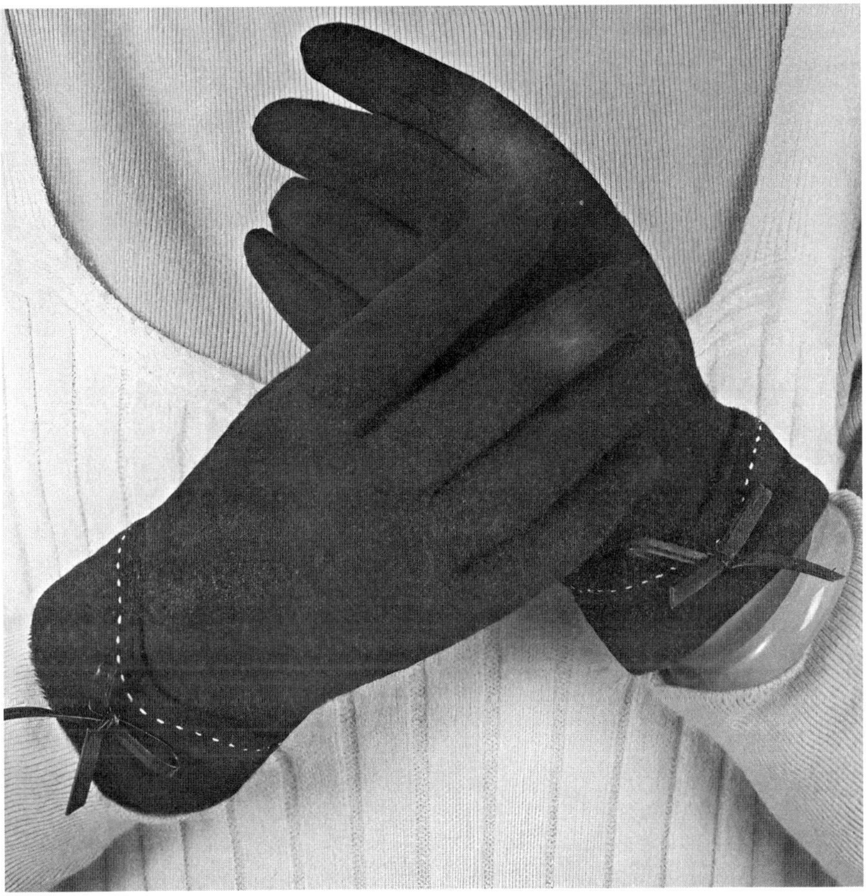

◎ 两只戴着红手套的右手，一个向前，一个向后，一把掖起女儿的臂膀，在空中旋转起来

我端出热了几次的饭菜，招呼他们吃了，收拾停当，电视也没看就倒床睡了。但是并睡不着，听着他父女俩的高谈阔论，对牛弹琴。直到中央台预告明天的节目，丈夫突然“哎呀”一声，在我装睡的脸上轻轻地吻了一下。

“糟糕！函函，今天是你妈妈的生日，我们都忘了，怎么办？”

“我不知道怎么办，我只知道你亲了妈妈一下，我也要亲妈妈一下。”

好香，好甜，我好想哭。其实眼泪早已出来了，惆怅的心情也随之云散。他并不是不记得我的生日，只是“不知今夕是何年”罢了。

第二天，我还没放学，丈夫就驮着女儿回来了。一进屋，就迫不及待地拿出一双红缨缨的手套给我：“第一次给你买东西，不知行不，试试看！”

“怎么会不行？”我心里暖暖的，欣喜地接过了这份迟到的礼物。

“妈妈，戴上吧，红手套，好漂亮，外面有花，里面有绒，爸爸选了好久，才选中这一双哩！”

里面真的有绒，好暖和，每只手套上还绣了两朵本色的梅花，煞是好看。戴上右手后，再戴左手，不行，戴不进去，哈哈哈，原来两只都是右手的。

“怎么，不是一双？”老公急了。

“不是一双，是两只。”我已经忍俊不禁了。

“没想到第一次给你买礼物就搞砸了。”他说他真的是认真地挑选了好久，才选中这两只的，没想到，用心挑选还能出这么大的错。

我们恋爱时，他都没给我买过礼物，今天他能给我补上这份生日礼物，我已经很感动了，我没有规避女儿的目光，直接扑进了他的怀抱。

“我明天去商店换一下……”

“不用了，你也戴一只吧，温暖牌手套，每人一只。”

“那我的呢？”女儿萌萌地望着我们。

“爸爸也去给你买两只……”

“哈哈哈……”

两只戴着红手套的右手，一个向前，一个向后，一把掖起女儿的臂膀，在空中旋转起来……

老小·老小

女儿三周岁那天，她的外婆送给她一个比她矮不了多少的塑料娃娃。

那娃娃人见人爱，圆圆的脸蛋，粉粉红红，弯弯的眉毛下，一双圆圆的眼睛，翘起的小鼻子和樱桃小嘴凸显灵动，一头金黄色的鬈发，洋气耀眼，一看就知道不是个中国娃娃。身上穿着一套蓝白条纹相间的膨体线衣裤，漂亮合体，看不出娃娃是男孩还是女孩。

自从有了这个娃娃，女儿再没时间缠着她外婆讲“狼外婆”了。她天天抱着娃娃不放手，白天抱着吃饭，晚上抱着睡觉，成天唱着“我是一个小妈妈”，忙着给娃娃洗衣服、喂奶、把尿、哄睡、打针、喂药，忙得不亦乐乎，好开心，好投入。

这可馋坏了一个人，那就是我的外婆，女儿的老外婆。

老外婆八十三岁了，一头雪白的头发，显得特别的干净，眼睛和耳朵都不大灵便了，但面庞依然慈祥和蔼，腰有点弯曲变形，一双苍老但不失温暖的手，总能在家里找到力所能及的家务事。

这段时间，老外婆没有以前那么勤快找事做了，她总是瞄着曾外孙女手里的这个娃娃。只要等我女儿不在场的时候，她就要抱起娃娃，这里捏捏，那里摸摸，发觉有人来就赶紧按原样放好。

终于有一次，还是被我女儿发现了。我听见老外婆在小心翼翼地解释："我没弄坏你的娃娃，我只是想看看，娃娃是伢子还是妹子。"眼睛里却透着一种顽皮。

"当然是妹子。"女儿一把抢过了娃娃。

"我看是伢子。"

"不，是妹子！"

"是伢子！"

…………

相隔八十年的两代人热烈地争辩了起来，而且越争越激烈，大有不分胜负决不罢休的架势。我和妈妈只得丢下手里

◎ 女儿三周岁那天，她的外婆送给她一个比她矮不了多少的塑料娃娃

◎ 老外婆八十三岁了，一头雪白的头发，显得特别的干净，眼睛和耳朵都不大灵便了，但面庞依然慈祥和蔼，腰有点弯曲变形，一双苍老但不失温暖的手，总能在家里找到力所能及的家务事

的活，赶去劝架，只见争得面红耳赤的祖孙两代，却突然息鼓收兵了。两人都傻呆呆地坐在那里，一张粉嘟嘟的小脸和一张爬满皱纹的老脸互相对视着，气喘吁吁地望着对方。

塑料娃娃被她们扒光了衣裤，赤身裸体地躺在地上。我妈妈把可怜的娃娃捡起来，递给我，示意我瞧瞧。

“哈哈哈哈……”四代人同堂捧腹，大笑不止。原来，塑料娃娃没有性别标识！不知是厂家有意还是疏忽，总之谁也不能说它是伢子还是妹子，胜负难分。

老外婆颤颤巍巍地从地上捡起被她们扒下的衣裤，正要从我手里接过光着的娃，我女儿一把扑到她的怀里，使劲夺过老外婆手里的娃娃，奶声奶气地说：“来！我给她穿，你们会弄哭她的。”

于是祖孙俩又化干戈为玉帛，团结协作，忙着为塑料娃娃穿起衣服来。衣服穿好后，两人露出了胜利的微笑，那微笑是那样的天真烂漫，幸福甜美，让人治愈。

从此以后，这样的一幕经常重演，同样的过程，当然也是同样的结果。有时甚至刚给穿上，又被扒掉。深受其苦的只有那套膨体纱衣服，变了色不说，还变了形，落了针，惨不忍睹。

我妈妈不得不决定：赶紧为塑料娃娃编织一套衣裤。她编衣服，我编裤子。至于衣裤的颜色就只能随缘了。

我们办公室的女人

说到办公室和女人，人们自然会想到那装有电脑的空调房和白领阶层那些幸福的小女人。

而我们的办公室却是如此的简陋：几把高低不一的椅子，搭配几张粗糙难看的办公桌，桌上几瓶红墨水，几盒粉笔，再加上几沓厚厚的作业本。

在这里工作有八个女人，除了一个如花似玉的少妇以外，其余七个都已经不再年轻，虽然我们自称为八朵花，其实我们七个，早已心不甘情不愿地到了“豆腐渣”的年龄。当年恋爱的诗篇早已变成了生活的散文，但我们还是擅长把生活的水酒酿得绵软清香，至于幸福不幸福，连我们自己也说不明白。

这是一所农村小学，教室之间的办公室只是一个通间，隔成里外两间，我们五、六年级的八个老师就在这里办公。

我们就像陀螺一样旋转，每天踩着第一缕晨曦走进校园，踏着夕阳的余晖回到家里。每天重复地做着同样的事，备课，上课，批改作业，出试卷，看试卷，分析讲解试卷，调解学生之间的纠纷，把满满的一天时间全耗在了这里，满腔的喜怒哀乐也在这小小的空间肆意地交流、宣泄。

有一天放学后，下着大雨，我们不想冒雨往家赶，都在办公室磨蹭着，难得清闲一次。突然一个家长破门而入，愤怒地嚷嚷："什么老师，我崽成绩再差，也不该把他留堂留得这么晚噻，天都黑了！"

我们一下全都蒙了。我们都没有留学生，这个时候了，学生还没回家，天还下着雨，问题严重了。我们来不及听家长解释，一头钻进了雨里，找孩子的同学，找同学的家长，询问街边的店面，却谁都不知道这个学生的下落。被拐了？溺水了？我们赶紧告知校长，校长发动全校的老师，老师又通知家里所有的亲戚朋友，一张寻人大网迅速铺开。

最后，另一班级的一个家长冒雨赶到学校，说他知道没回家的学生去哪里了，原来，放学路上，那学生正好遇到了他姑姑，他就跳上姑姑的单车，到姑姑家吃桃子去了。

校长又赶紧派人，把我们一个个召回学校。被雨水淋成落汤鸡的我们，狼狈地聚在一起，抹着头上的雨珠，拧拧裤管里的水滴，相互交流着各自的心情，没有半句怨言。

望着逐渐加深的夜色，我们说说笑笑地又钻进深色的雨幕里，我们要回家去了，家里还有一大堆的事情等着我们，但我们高兴着，悬着的心终于放了下来，心里有一种说不出来的轻松。

轻松的时刻还有很多，学生考完了，婆婆出院了，老公的咳嗽原因找到了，甚至一直纠结在心底的不能言说的困惑，也因为自己的退让而释然了。

这天，是新学期开学报到的日子。我们办公室里，四个班的学生家长挤成一堆，他们把酷夏的热浪一齐带到了我们这间本来就拥挤的办公室。没有电风扇，更不用说空调，老师家长都是大汗淋漓，手里攥着钱，谁都不敢疏忽。

我们只得从人堆里抽出身来，艰难地把报到地点临时移到隔壁教室里，我们正在办理几个学生的报到手续，他们是从外乡慕名而来，转学到我们学校读五年级的。

突然，报到的人堆里传来悄悄的说话声："这就是何老师啊？"

"她就是高乡长的爱人？"

"不丑啊，蛮好看的。"

"比文化站的那勾人精还漂亮些！"

后面还说了些什么，何老师都没有听到，她只觉得教室在旋转，脑袋嗡嗡响，攥着的钱从手里滑下来，我们赶紧叫停喧闹的人群：何老师中暑了！

其实我们办公室的几个人早有耳闻，也不知道是真是假。后来，我们也不敢谈及此事，有次，我们关起门来，想衷心地安慰她一下，何老师淡淡地说了一句："我相信我老公不是那样的人。"

她说她老公两年以前跟她提起过这个人，她要他帮忙解决她的编制问题，高乡长没有答应，他说他没有这个能耐。那女的后来还到过她家几次，何老师每次都热情接待了她，根本就没有往那事上想。

何老师也想不明白，这次听到这种议论，怎么突然就稳不住舵了呢？难道随着年龄的增大，自己有点不自信了？

◎ 忙碌的日子里，让我们没时间留住肌肤的光泽，但并不影响我们对美好生活的感受

以往我们都是那样的自信，自信自己的为人处世，自信自己的教学效果，自信自己的办事能力，我们相信，只要我们努力着，什么都没问题，学生、家庭、亲人，一切都会永恒美好。

然而，有些事情，不会因为你不愿意接受就放过你，生老病死，猝不及防，一个突如其来的噩耗，往往能让人陷入痛苦的深渊，无法自拔。

那是一个寒冷的冬天，我正在教室里上课，从窗户里看到一个人焦急地往教室里张望。我担心是哪个学生家长有急事，就赶紧打开教室门出来询问，没想到他一把抓住我说：“你是吴老师吗？你妈妈得病了，在医院里抢救，你赶紧去吧！”

我不知所措，回头望着教室里，手里拿着的粉笔不知该放在哪里，正好经过的孙老师，一把抢过粉笔走进了我的课堂。

我做梦一般，跟着那个陌生的人，一路上车下车，心慌意乱，恍惚中听完了他说的事情缘由。他是我弟弟的一个学生的家长，因为有人发现在菜市场晕倒的人，像附近学校吴老师的妈妈，他们马上帮忙把我妈妈抬进了附近的医院，并跑到学校通知了我弟弟，是我弟弟拜托他来通知我的。

医生告诉我们，妈妈是脑出血，很危险，医生的尽力救治，还是没有挽回妈妈的命，输氧维持了二十二个小时后，善良美丽的妈妈就抛下了我们，永远地离开了。医生跟我们说：“你母亲应该早就有高血压，但一直没有服药治疗，你们也太不关心她了。”

子欲养时，亲不待。彻心的痛，悔之晚矣。

丧事期间，办公室的老师们向校长申请，把我所有的课务分担下来，不要代课老师，也不要代课补贴，为了让我多休息两天，她们大包大揽，把我的教学工作全部做了，包括我之前没有批阅完的几组作文。

送走妈妈后，回到办公室，我无力地倒在她们的怀抱里，她们关起门来，陪着我声嘶力竭地哭了一场。

办公室就是我们心灵修复的港湾，我们在这里追忆阳光灿烂的青春时光，回味如诗如梦的初恋情怀，交流烧茶煮饭的心得体会，倾诉为人妻为人母的幸福与辛酸……

不管心里有多少委屈，也无论家里发生了多大的事情，我们总能按时走进这个空间，在一番关切、安慰、诉过、哭过后，擦干眼泪，带着微笑，走进课堂，迎接孩子们求知若渴的眼神。

我们就这样日复一日简单地生活着，在忙碌匆匆中，有条不紊地工作着。我们轻吟孟郊的“谁言寸草心，报得三春晖”来诠释母爱的细腻，浅唱“孤帆远影碧空尽，唯见长江天际流”触动孩子们的友爱情弦，诵读“莫愁前路无知己，天下谁人不识君”启迪学生开阔的胸襟和气度，激起他们的激情、自信和顽强。同时，我们也尽情享受着生活给我们的一切馈赠——活泼可爱的学生、平和安定的家庭、健康成长的孩子。

我们很珍惜这一切属于自己的东西，自己的学生、自己的教学效果、自己的爱巢、自己的孩子，还有自己的丈夫。我们忙碌着，操持着，难得有闲暇养憩自己。

特别是近两年，我们办公室的女人不亚于经历了一次涅槃。真是轮也轮不得这么巧，去年，我们办公室有三个老师的孩子考大学，而三个老师都教六年级，自己的学生要参加毕业会考，自己的孩子要参加高考，怎么办啊？别人的家长都在陪读，我们却没有时间去陪孩子，我们不能丢下学生不管啊。

不能陪读，去送考总该可以吧，也不行啊，两个班，四个老师，如果三个老师去陪考，学生怎么办？孩子自己一个人去考吧，别怪妈妈。

结果，学生的毕业会考，我们两个班，以绝对优势的成绩囊括了全区的一、二名，而我们自己的本来成绩都很好的三个孩子，都成绩平平，考得很不理想。婆家娘家两边亲戚的怨言、朋友善意的批评、孩子无辜的茫然、自己的后悔委屈一齐向我们袭来，眼泪往哪里流？吞进肚子里吧，没有人能帮助我们。

俗话说，前车之辙，后车之鉴啊，不。我们办公室的另外三个女人，又重蹈了我们的覆辙，历史是如此惊人的相似。三个老师的孩子正好今年高考，而她们也正好送毕业班，而且她们又和去年的我们一样，没有去陪读，也没有去送考，而且结果也是如此的相似，自己的学生考得非常出色，包揽了全中心学校的一、二名，而自己的孩子也考得不很理想。

当双手接过红彤彤的荣誉证书和象征性的少得可怜的几十块钱奖金时，鼻子酸酸的，想礼节性地笑笑，但面部神经好像不由自己控制，眼泪就要滚出来。

几个人跑回办公室，抱在一起，痛痛快快地哭了一场，继而又自我解嘲地为自己开脱一番，再相互安抚劝慰一番，还挂着热泪的脸上已经露出了无奈的笑容。孩子还没有高考的两个老师也跟着我们一起哭，一起笑，但愿她们两个今后不要有我们的后悔和遗憾。

哭过笑过后，我们拭去满脸的泪水，强行摆平了自己的心态，不动声色地走出了办公室。

我们能哭吗？我们有资格哭吗？我们有时间哭吗？没有。我们要擦干眼泪，回家去安慰自己的儿子或女儿，去服侍自己的公婆和丈夫。

我们深知，温馨的家庭需要我们春风化雨；我们的学生也需要他们的老师光彩照人，在他们的心中，除了他们的学业和成长外，老师是没有烦恼的；再说，我们自己马上就要参加文化考试，迎接下学期的竞聘上岗，下学期我们还能不能在一个办公室，还前途未卜呢。

忙碌的日子里，让我们没时间留住肌肤的光泽，但并不影响我们对美好生活的感受，我们一如既往地哼着生活的小调，品咂自己酿造的动人情感，喜怒哀乐，勤勉孜孜。办公室的八个女人成了我们学校一道鲜亮隽永的风景。

每一朵花都美丽

每次走进教室，面对讲台下那几十双渴求的眼睛，闪烁而灵动，我就很真切地感受到，他们确实是祖国的花朵，而我就是辛勤的园丁，自豪感和责任感油然而生。

但每个园丁几乎没有不唉声叹气的时候，时不时地会感觉到，有些花朵却总不是那么完美，让人操心费神，而且不见起色。

晏艳，是我上届送走的一个六年级学生，也是我教过的学生中最令人头疼的一个女孩子。刚来我班的时候，她每天不做作业，也不背书，学校的任何活动她都不参加，也从来没有留下来打扫过教室，每天一副脏兮兮的样子，随你怎样和她说，她都摆出一副“死猪不怕热水烫”的架势。老师们对她早已失去了信心，同学们更是瞧不起她，我也不知道怎样接近她。

一次偶然的机会，我走近了她。那天，有个学生跑进办公室来对我说，晏艳为了躲避检查家庭作业，又伏在课桌上装病了。

我赶紧放下手中的作业本，走过去扳起她的头，没想到她突然往后一倒，一脸惨白，不省人事了。我一把抱起她就往外面跑，送到卫生院医生手里，我全身都软了，幸亏医生说她没有什么病，就是饿成这样的。

原来她是没有吃早饭来学校的，而且经常这样。经过了解得知，她家庭比较困难，母亲身心都有毛病，爸爸是唯一的劳动力，晏艳是他们的第三个女孩，也是家里的出气筒，爸爸经常骂她打她，家里有什么不顺心的事，都把气一股脑发泄在她身上。

我回到教室整理她的书包时，看到了她抄的很多歌词，都是当下最流行的歌曲，我发现，她原来也是一个很热爱生活的女孩。

我给她买了几样文具用品，买了几本当下最流行的歌本，并拿了几件衣服给她。衣服是我女儿穿过的旧衣服，衣服应该有点大，我要她上初中时再穿，而她说她爸不会让她上初中了，所以她第二天就把我给她的衣服穿来了，同学们都说她好漂亮，她开心极了。

这天，我第一次看到了她的家庭作业，一篇很短但很感人的日记，里面有一句话我永远不会忘记："我在梦里看见吴老师张开双臂向我走来，我跑进老师的怀抱，温暖而舒适，我好想老师就是我的妈妈。"

就在那一周，学校要举行田径运动会，可我们班怎么选也选不出女选手，这时，晏艳猛地站起来说："老师，我行！"

同学们带着疑惑的眼光一齐投向她，在我的带领下，教室里响起了热烈的掌声。后来她真的在运动会上为我们班拿到了100米、400米、400米接力三个第一，全班同学为她欢呼，为她骄傲。我问她，怎么能跑那么快，她说，是为了躲避爸爸的追打才练出来的。

有一次，在放学的路上遇上了晏艳，她隔很远就叫我，她告诉我，现在读初中了，她说她还要读高中，考大学。她说，她不会给我丢脸的。望着她一脸的阳光，青涩可爱，我心里感到特别的轻松与满足。

我觉得我在路过花朵的绽放，小小的幸福感油然而生。一路走来，到处都有学生亲切的呼喊。有自己班的学生，也有别的班别的年级的学生，有现在正在上学的，也有好多早就走出了校园的，工作成家后他们的孩子又成了我的学生，肉铺老板、政府官员、骑自行车的、开奔驰宝马的哪个不是在自己的领域干得风生水起，只要老师不说，谁看得出他们曾经是优等生还是后进生？

有时，老师仅有“恨铁不成钢”的心肠是远远不够的，还要用心底的爱，去温暖学生的心，爱是师生情感沟通的桥梁，像滴滴甘露，能让枯萎了的心灵苏醒，又像融融春风，能让冰冻了的感情消融，在爱的照拂下，学生的学习和生活就会充满阳光。

同时，爱也是融合师生情感的润滑剂。不能用偏激的眼光来看待学生的喜好，你把他们当朋友，他们就会推心置腹地和你说心里话，这时老师对他的教育，就容易被接受。

五年级班上有对双胞胎男孩，姓甘，一个叫要云，一个叫要雨，听着他们的名字，我就很小心地注意和他们的相处，生怕交谈时说错哪句话，触动他们哪根神经，在班上翻云覆雨，虽然他们一直到六年级毕业，都从来没有在班上闹过事。

记得他们爸爸第一次送他们来学校报到时就大声说道：

“老师，这两个小兔崽子就交给你了，我是管不住他们了。”

我疑惑地望着他，不很友好地开玩笑道：“大老板是暴发户啊！看你一副财大气粗的样子。”

“大老板说不上，但这几年确实赚了些钱。”

“都是钱惹的祸。”

“对对对，都是钱惹的祸。不愧是老师，一下被你说中了。”

接着，这个爸爸就当着其他家长和同学的面，向我吐槽了两个儿子如何的调皮捣蛋，难养难教——大年三十的晚上，老板老爸为了图个吉利，给家里的每个人都发了八百八的红包，家里人接过红包都双手作揖，喜笑颜开，互相祝贺：新年快乐，八发八发，新年大发！

只有两个儿子，把钱从红包里抽出来，拿在手里甩得哗哗响：“哈哈，新票子，崭新的票子，割得颈根断！”急得年老的奶奶赶紧“呸呸呸”，怪他们大过年的不会说话。

他们却说：“奶奶，你不相信新票子能割断颈根？你不信，我们来试试。”说完，兄弟俩抱着奶奶，拿着钱就要往奶奶脖子上割，急得奶奶差点中风。

往后的日子，他爸经常摇着头来告状，诸如此类的奇葩事在家里经常发生，一度让他引以为傲的两个儿子，现在越来越让他头疼。他恳求老师狠狠地打，狠狠地骂，狠狠地严加管教。

但我告诉他，这两个学生，除了学习不大努力外，活泼开朗，与人为善，慷慨大方，经常买很多早餐带到教室里分给同学们吃，书包里的文具用品，只要哪个同学需要，他们都大方地给出来，一个同学的奶奶病了，兄弟俩还偷偷地捐款给同学的奶奶治病，班上搞什么活动，需要什么道具用品，只要班干部一说，他们就大包小揽地，把事情全部包下来，出钱又出力，为班上争光，乐此不疲。男孩子的优点表现得淋漓尽致。

◎ 现在的孩子哪个不聪明？哪一朵花不美丽？只要我们用心去爱，阳光灿烂之下，再荒芜的心田也会变得生机盎然

但小学阶段的男孩子一般都惹人嫌。

我曾经教过一个班，是个“男儿国”，全班六十四个学生，只有十三个女生，五十一个男子汉，齐刷刷地站在教室里，让所有进教室的老师都捏了一把汗。

我经常跟他们说纪律，说学习，说竞争，我也曾怒声训斥，杀鸡给猴看，把校长的儿子提上讲台，狠狠地教训了一顿，但收效甚微。五十一个男子汉就像一股龙卷风，在班上窜来窜去的，很不安定。

那天，我要班干部组织一次“我喜欢的——（一本书、一个电视节目、一首歌等）”的主题班会，结果他们几乎都是说的他们喜欢的一首歌，而且都是些流行歌曲，还情不自禁地全班齐唱，那样声嘶力竭，那样全心投入。

我震惊了：“你们从哪儿学来这样一些歌啊？”

“网上啊！”他们不无自豪地回答，“吴老师，你会吗？”

我赶紧趁机说道：“我会啊，老师不但在网上学到了这些歌曲，还在网上看了很多中外名著，学到了很多知识。”

“欢迎吴老师来一个！”

接下来，我由他们点了好几首歌。当我唱完刀郎的《2002年的第一场雪》后，全班掌声不息。我示意同学们安静下来，这时，班上平时最捣蛋的几个男子汉异口同声地抢着说：“老师，其实刀郎的《情人》更好听。”其中叫得最起劲儿的就是校长的儿子。

当时，我真哭笑不得，但教室里安静了，我引导性地总结了几句，把这次主题班会的题目重新写了一遍，要他们写在日记本上，很意外，这次没有“啧啧”声和埋怨声，他们全都欣欣然地拿出了日记本。

有天，我在抽查学生的日记的时候，发现日记本里夹着一张小小的纸条，上面写着：我爱徐蕾。

徐蕾是我班上一个品学兼优的女孩子，不仅长得漂亮，还文质彬彬，确实人见人爱。是哪个臭崽子敢这么肆无忌惮？字条上还落了款“文博写”。徐蕾肯定是不敢跟老师和同学说，就悄悄地把字条夹在日记本里，希望老师能看见。

但字条肯定不是文博写的，应该是有人嫁祸于人，谁会犯下大忌，还挂上自己的大名呢。

文博是我们校长的儿子，是我们班上成绩最好的学生之一，也是班上最活跃的捣蛋鬼，校长最头痛的角儿。但他在班上从来不违反纪律。那天我特意把他叫进办公室，想听听他对这现象的看法，我担心学生早恋的问题，毕竟还确实有点早，但出现的动态，我还是得关注。当我转弯抹角地提及此现象时，他毫不知情有人“陷害”他，还一个劲儿地呵呵笑：“班上的男同学都喜欢徐蕾呐。”知道没有他的事，我还是装腔作势地敲了敲警钟，他是个聪明的孩子，不能让他飘。

夜深人静了，写完教学反思，坐在电脑前，刚登录，突然蹿出个名叫“抽……抽……抽……抽麻筋”的要求加好友，我刚通过，他就来了：“hello！吴老师，给徐蕾的字条是我写着玩的。”

“那你为什么要写文博的名字？”

“我和文博是哥们儿，文博是校长的儿子，被发现了，你也不会批评他啊。”

“这么晚了，你怎么还没睡觉？”

半天没有回答，一看，下线了。

我至今都不知道那个给徐蕾写字条的“早恋者”是谁，那个QQ号再没有在我的通讯录里出现过。

我问过文博，他不告诉我。我说：“你宁愿背黑锅，也不说？”“你就当是我写的吧，只要你不告诉我爸爸，就一切OK。”

“我要是告诉你爸爸呢？”

“他会打得我皮开肉绽。吴老师，你饶了我吧！”

他确实是个不省事的角儿，他爸都拿他没辙，老是出其不意地给你惊喜抑或惊吓。

那次，学校举行合唱比赛，我们班排练了好几周，服装、曲目和指挥都定好了，大家都训练得很认真卖力。不想比赛的那天一大早，校长突然打电话给我，问我：“你们班的指挥换人了？”

我说：“没有啊，怎么啦？”

校长说：“我发现文博的书包里好像有套指挥服，你们没换人就好，他可能是帮同学保管，或者是昨天与同学领错了。”

我也就没有在意了。没想到，比赛开始后，当叫到我们班的时候，校长的儿子真的穿着指挥服，拎着指挥棒，第一个冲到了台上，给了我们一个措手不及，来不及说什么了。

比赛开始了，文博自信地挥舞着指挥棒，干劲十足，同学们更是充满激情，积极配合。我紧张的情绪慢慢安定下来，我已经不关心比赛结果，我觉得能顺利地唱完，没有筐瓢，就非常高兴了。

比赛结果，我们班得了二等奖。文博接过奖状后，校长把他揪到我的办公室，给了他狠狠的一巴掌，他瞪着眼睛，狠狠地怼了他爸爸一句：“我怎么就不能当指挥！”

望着他眼里打圈的泪水，我严肃地对校长说：“不准打我的学生。”我拍着他的肩膀安慰他，“你太棒了，指挥得很好。但你怎么突然又想当指挥了呢？”

“老师，不是我要当指挥，是何苗说他不敢上台指挥，训练了这么久了，他又不敢跟老师说，昨天下午训练结束，他硬是把指挥棒塞给我，央求我代他完成这个任务，同学们都同意了的，当时还为我鼓掌呢。”眼里的泪水还是流了下来。

多可爱的孩子啊。现在，每个走进教室的老师都感觉这班的孩子很活泼，很可爱。我也相信孩子们一定能在老师的喜爱和教导下取得进步。

现在的孩子哪个不聪明？哪一朵花不美丽？只要我们用心去爱，阳光灿烂之下，再荒芜的心田也会变得生机盎然。我欣慰，我没有错过花朵的绽放。

山风吹来麦粒香

初夏的山村，不再有春天雨后新晴的那种滋润，取代泥土芳香的，是令人心醉的弥望的清新，夹着麦香的习习南风，撩得人想飞又想睡。山地里收麦、插薯的人们在忙着为美得不能再美的山水添新加色。

接下来的日子里，教室里持续弥漫着一种特殊的气息，那是这个季节里特有的，炒熟了的麦子的香气。

这是孩子们在家帮家务，带弟妹，帮助父母收割麦子后，得到的实实在在的奖赏。山里的孩子没有吃过什么甜麦圈、咸麦圈，更没品尝过什么“浪味似神仙”，但每年的这个时候，他们都能尽情地大饱口福。

麦子打下来，不要等晒干，细心的妈妈或者奶奶们会在百忙中往灶里塞把柴，迫不及待地炒一锅香喷喷脆酥酥的麦粒子，给孩子们解馋，条件好一点的，讲究的奶奶还会往锅里快要炒熟的麦粒上喷点糖精水，甜甜的、香香的、脆脆的，不知有多好吃。

等不得炒熟的麦粒完全冷却下来，孩子们就赶紧一把一把地抓进

◎ 初夏的山村，不再有春天雨后新晴的那种滋润，取代泥土芳香的，是令人心醉的弥望的清新，夹着麦香的习习南风，撩得人想飞又想睡

自己的衣袋里、裤兜里，哪怕烫着大腿，他们还是乐呵呵的。

小麦粒放在口袋里，让人幸福感倍增，随时可以大把大把地掏出来，痛痛快快地享受。也可以趁老师转背的当儿，塞一粒到嘴里，偷偷地品尝。但那香气是藏不住的，只是你抓不到“作案者”，查证据，每个人口袋里都有，嘴里都香，不如索性来个心照不宣罢了。

一阵山风吹来，推开了虚掩的教室门，随风走进一位看不准年龄的村妇，精瘦精瘦的，穿着很旧，但很干净。

我赶紧停住课，还没来得及问她有什么事，教室里已飞满了她银铃般的笑语：“哎呀，总没有什么东西给老师吃，昨天收了新麦，特地炒点来给老师尝尝新，不晓得你爱吃不。”不容分说，她已麻利地从两边口袋里掏出许多麦子来，放在我的讲桌上。

我一下子蒙住了，不知道该说“不要”，还是“多谢”，等我回过神来，她翻着拍着掏尽的口袋，已转身匆匆出门了。

走出去好远，她又回过头来丢了一句：“老师要是喜欢吃，家里还有……”

我不知道怎样处理这堆小山似的麦粒，一边讲课，一边不经意地往麦粒堆瞧，那种藏不住的香气，让人感觉温暖而欣慰。

下课铃响了，几个学生一拥而上，一人捧一捧麦粒就往外跑。当我走进我的房间兼办公室时，发现教室讲台上的那座小山，已完好地平移到了房间的办公桌上。

孩子们站在门边，推推搡搡，齐声叫喊着“老师！老师！”

我问他们，刚才那是谁的母亲，他们都只嘻嘻地笑，谁也不回答。

一边看作业，一边放几粒到嘴里，味道还真不错。特别是那股诱人的香气，不亚于旺旺米豆广告的“一粒接一粒，一口接一口，越吃越顺口，吃了还想吃”的滋味。

我赶紧寻了几个塑料袋把它装起来，以免受潮，也顺手塞了几把到口袋里，不时地掏一把或捏一粒送进嘴里慢慢咀嚼。我似乎感受到了小时候想象中的那种“坐在草窝窝，吃着烧红薯”的皇帝生活。这是那些快乐的神仙所体验不到的。

特别是在课堂上，当我的手偶尔触到鼓囊囊的口袋时，还真想趁学生不注意，也偷偷地塞一粒到嘴里。

但我不能让学生发现我和他们同样好吃。不然，我挡得住麦香的诱惑，也挡不住那破门而入的暖人的山风。

山风好宜人。

野菊花开

秋风悄悄地掠过山岗，踏过草地，仿佛一夜之间把大地全染黄了，连那篱笆缝里也探出了星星点点、团团簇簇的鹅黄，那是秋天里唯一盛开的，与秋色和谐，而又灿烂迷人的野菊花。

野菊花开满山冈的时候，我带学生来到了野外。

秋高气爽，空气中弥漫着馥郁的芳香。山脚下、小丘上、路边、洼地，到处是金光闪闪的黄菊花，真正的漫山遍野，星光灿烂。

孩子们在花海中欢呼雀跃，在草地上嬉戏打滚。一阵“哇”“呀”“啊”“耶”的感叹过后，很快地，他们已没有那种新奇和赞叹，懒洋洋地躺在暖烘烘的草地上，议论着，品评着。

这个说，这花没有他家阳台上的那么大，那个说，品种也没有他家的那么多，还有的说，这么多花，就一个颜色，没劲儿……

我告诉他们，这野菊花虽然没有盆栽的那么大，那么美丽华贵，但她自然生长在天地之间，饱尝大自然的阳光雨露，风吹雨打，她不但比盆花更香，还有散风清热、平肝明目的功效，能治感冒风热、头

◎ 秋高气爽，空气中弥漫着馥郁的芳香。山脚下、小丘上、路边、洼地，到处是金光闪闪的黄菊花，真正的漫山遍野，星光灿烂

痛目赤等症。

他们有点不屑地说，那还不如吃速效感冒胶囊或打点滴省事。

于是，他们伸着懒腰，哼着“你笑起来真好看，像春天的花一样，把所有的烦恼所有的忧愁，统统都吹散……”在草地上摆开了各种饮料、面包、辣条、曲奇、火腿肠……

吸着馨香的空气，望着被他们扔了一地的鲜花，我有一股难以抑制的冲动，我想把她们一朵一朵拾起来，揣进我的衣兜。

回想那个同样迷人的季节，只是山上的灌木丛都被人们砍回家当柴烧了，本来顽强的小草和野菜，也被割牛草和打猪食的孩子们消灭得所剩无几，山间地里到处光秃秃的，只有零零星星的几朵野花，艰难地点缀着贫瘠的山冈，那都还是受荆棘的保护或地势的阻隔，侥幸地从割猪草的镰刀下残留下来的。

有一天，我看见学校旁边大队“合作医疗”门前，晒了几篮盘“蒿子花”，我问“蒿子花”晒了干什么，大队医生告诉我：“蒿子花”又叫黄菊花，是一味药，这是“合作医疗”花了三分四厘钱一斤买来的。

于是，放学后，我背着妈妈为我手工缝制的黄书包，在山圹上、荆棘中攀缘着，仔细采寻那一朵朵让人欣喜的小黄花，每看见一丛甚或一朵，都那么让人喜出望外。

一朵一朵稀稀落落的小黄花，吸引我越过田埂，爬过山圹，越采越来劲。脸上有点痒，我就用脏兮兮的手抓挠几下，脸上越来越痒，我也全然不顾，就使劲地一边摘花一边抓挠。几天过去，篮盘里已经晒了好多一朵朵疲倦不堪缩成一团的小花朵，我好满足，可脸上的痒却透到皮肉里去了，舍命地抓挠，也不止痒了。

我哭着，闹着，脸都抓烂了，妈妈说是染了毛虫毒，把我背到“合作医疗”钻了针屁股，还抓了一大把枫球子和艾叶，一共花了七毛八分钱。

回家后，妈妈不准我再去摘花，每天用枫球艾叶煎水帮我洗脸，三天后，我的脸就好了。

菊花晒干后，妈妈帮我送到大队“合作医疗”，一过秤，三斤一两，四舍五入给了我妈妈一毛一分钱。妈妈用它给我买了一本七分钱的方格本，一支不带橡皮头的铅笔，还有一粒水果糖。

不用说，这粒糖特别甜，是世界上最好吃的糖。我先咬下一截，另一截用糖纸重新包好，留到第二天才吃完。本子和笔我根本就没舍得用，留了几年，后来非常郑重地送给了弟弟。

现在，望着眼前的似锦繁花，我脑子里只有一个念头：要是把这些花全部摘下来，那能装满多少书包袋，全部晒干，又该是多少斤啊。

放眼远眺层峦起伏的山林，环顾周围成片成片的树木，满目苍翠，山清水秀，这不就是金山银山吗？哪里还能找得出当年的那种匮乏和贫瘠的模样。

接过孩子们不断扔过来的饮料和麻辣食品，几次张嘴，想着要不要把那一毛一分钱的故事讲给他们听，但最终说出口的还是“这儿的野菊花真多”。

“这么多野菊花真香……”

孩子们不会相信我的童年，但他们从小早就知道，要保护环境，要爱护大自然，他们将慢慢回归自然，知道怎样与大自然和谐共生。将来，这里的山山水水该是多么的富饶和美丽……

山道·车骑

山道静静地延伸——向山的深处，向隐蔽着的山村。

一会儿盘旋于悬崖之上，瞬即又埋进浓荫之中。

好远不见人烟，也听不到机车的轰鸣。

林涛呼啸，鸟歌雀吟，成群的蝼蚁爬虫，更为这里增添了几分幽静……

某一天，山道上飞来了几辆自行车。呵——山村的小学校里，来了几位年轻的“先生”。

车骑上的男女耐不住山林厚实的幽谧，在大峭壁之上、深谷之中，总爱按响这激越的车铃，喊几句滚烫的摇滚。

有时在小溪边停一停，喝一掬清泉；偶尔在山脚下歇一歇，喁喁细语一阵；随后又带出一串笑语，撒下一路歌声——

长大后我就成了你，才知道那间教室，放飞的是希望，守巢的总是你……

◎ 山道静静地延伸——向山的深处，向隐蔽着的山村

谁家玉笛暗飞声，散入春风满山村。

惊醒了安于沉睡的森林，拨动了山里人从他妈妈的手里传下来的唱针，带得爱唱山歌的黄莺，也天天模仿电子琴。

山道像一根扁担，终于有人用它，挑起了这个几乎被人遗落的山村。

车骑，给山村驮来了知识、摩登和爱情……

待我擦肩而来

春雨缠绵的清晨，老公接到一个不知名的神秘的电话，约他到沧水铺的鱼形山水库尾上，说是要叙叙往日的旧情，顺便带他见识一下真正的根雕艺术。

我问老公是谁约他出去，他说他也不知道是谁。看他兴致很高，我也赶紧起床，穿戴洗漱完毕，乖乖地等待老公出发，准备当一回跟屁虫，不管他同意不同意。

因为鱼形山水库尾上，是我和我老公爱情开始的地方，我早就想和老公一起去那儿走走看看，重温一下恋爱时的滋味。特别是听说现在那儿还新建了一座规模宏大、号称潇湘第九景的天意木国，我心里更是痒抓抓的，早就有点心驰神往了。

走近天意木国，我惊讶得有点合不拢嘴来。

原来的山村旮旯，现在竟这般端庄典雅，轻盈自然，迎接着来自四面八方的骚客游人。整个景区沐浴在绵绵的春色里，烟雨氤氲，山雾缭绕，如梦如画。

走下车来，我不想撑开雨伞，任由磨碎的雨雾，飘洒在我的身上脸上头发上，一个劲儿地拉着老公，要去寻找当年的偶遇。但站在宽阔平坦的八车道柏油路上，我举目四望，哪里还找得到我们当年相撞的那条羊肠小道啊。

那是三十多年前，一个周末的下午，我骑着自行车，晃晃悠悠地行驶在出村的盘山小道上。那是当年双板桥山村小学通往外界的唯一的山间小路，只能容得下单车和手拉板行走的山间小道，弯弯曲曲，静静地盘旋在山岭之中。

山里清静，路上清闲，没有人与我同行，没有人与我相遇，我一路按着铃，哼着歌，有意惊闹这安谧的山村，既为自己壮胆，也为排遣路途的寂寞。一路上，人烟罕见，除了鸟儿的鸣叫，虫子的低吟，就只有那些伫立在路旁山上的树木，镶嵌在山崖边上的树根。

我很惬意地沉浸在自己幻想的浪漫偶遇里：待我擦肩而来，娶我可好。在这样安静的环境里，让自己的想象泛滥，在泛滥的想象里，寻找自己憧憬的爱情和喜欢的男人，没有一丝一毫的难为情。

“蛇来了！蛇来了！”突然一声大喊把我惊醒，还没来得及回到现实，急转弯处，我被迎面而来的一辆单车上的一个什么东西绊倒了，人滚到了路下面的灌木丛里。感觉有点狼狈，很狼狈。这与我设计的情境太格格不入了。

“我不一直按着车铃的吗，你们没听见啊？”

“我们不说了‘蛇来了，蛇来了’吗，你不怕蛇的啊？”

我这才注意到眼前的两个大男孩，看上去年龄和我相仿，微微黝黑的健康肤色，特阳光，也特青涩。两人扶着的单车上，斜挎着一根又长又大的弯曲的树根，看起来确实很像一大条蛇，不，蛇没有这么大，更像一条活灵活现的巨蟒。

人们都说，前世的五百次回眸，才能换得今生的一次擦肩而过。

而今天的这次擦肩有点太过，居然把人都撞翻了，而且他们不很绅士，我也特不淑女，唇枪舌剑，咬文嚼字，引经据典，最后竟聊到了语文、数学及历史、地理，不知不觉我们却像老熟人似的，傍着单车聊了很长很长的时间，直到太阳西下，暮色降临。

原来两位土不拉叽的帅哥，是多次高考落榜的同班同学，另一个来邀他去继续复读，而他说估计再读一年也难考上，不想复读了。那个时代农村青年除了考大学，没有任何其他出路，百万雄师过独木桥，一年又一年地拼搏冲刺，最后还是落得个榜上无名。当年的大学升学率低得可怜，能考上的凤毛麟角，有时甚至一个班打赤脚，一个都没上线。

所以他想另辟蹊径，靠山吃山，这座大山里的古树虬枝，早就给了他二十年的审美滋养，家族里的木匠师傅传承给他砍斫雕画技艺，他想成为一名根雕艺术家。

落榜以后，他就天天在山里转悠，寻找他喜欢的树根、树蔸、树杈、树干，专找那些弯里拗绕的树根、奇形怪状的歪脖子树，头脑里已经把这些树根树杈，塑成了形神皆似的艺术品。

他劳神费力弄回去的那些很有塑形价值的原料还没有材尽其用，就常常被他爸爸妈妈扔进灶里当柴烧了。在木匠师的眼中，这些奇形怪状的树蔸根，做不了家具，做不了农具，一无是处，朽木不可雕也。就是用来烧火煮饭的，还扯什么艺术价值。

◎ 因为鱼形山水库尾上，是我和我老公爱情开始的地方，我早就想和老公一起去那儿走走看看，重温一下恋爱时的滋味

但他还是执迷不悟，一直沉溺在他的美妙宏图里，不能回头。

而今天，还把来邀他去复读的同学也带到山里来了，两人刚刚挖掘了这个“巨蟒”树根，如获至宝，用单车驮着一路杀了下来，擦肩撞翻了我。

后来，我跟他们中的一个，去另一个的家里玩过几次，满屋子的树根树蔸，枯藤老树，还有那些看上去很像又不怎么像的半成品，我惊叹艺术的美感，每件像样不像样的作品，我们都能凑在一起仔细地琢磨，努力地去发现，最后品出个一二，欣慰且满足。

再后来，两个人中的一个成了我的老公，而另一个却毅然南下，去了广州，开始追他的根雕艺术之梦，听说开了自己的根雕木艺工作室，办了很多被业内称誉的艺术展，但后来就甚少联系了。

“赶紧进去吧，衣服都淋湿了！”老公的喊声把我拉回了天意木国。

走进偌大的展厅，眼之所及，目不暇接，令人震撼！

一跃而起的骏马，高大威武，奔腾而来；展翅盘旋的苍鹰，气势凛然，捕捉的瞬间让人担心另一条生命的安危；张牙舞爪的狮子、体型巨大的恐龙，一只只奔跑得凶神恶煞，面目狰狞，仿佛来到了神秘而充满危机的原始森林……

毛茸茸的小鸭子，这是看到了啥呀，让你这么激动？拍打着小翅膀的企鹅，一摇三晃，憨态可掬；骄傲的大公鸡，走到哪儿都喜欢亮开清澈的嗓门，引吭高歌；迷路的小麋鹿，警惕地走向远处的丛林……

遒劲的黄山迎客松，迎风傲雪，枝干铆足出坚韧；结实的椰子树，顶着高高的叶子，静坐庭前；那些说不出名字的花木虫草，欣然地接

◎ 走近《丝绸之路》，仿佛听到了悠悠的驼铃，一支古老的商旅，浩浩荡荡，从长安出发，穿越历史的长河，走向未知的国度

受着阳光雨露，风霜雪雨，尽情地恣意地生长，它们似乎在告诉大自然，生命无关大小。

神态各异的五百罗汉，惟妙惟肖，栩栩如生，当你轻手轻脚地走到他们面前，双手合十时，你会不自然地关注他们的表情变化，唯恐自己的烟火惊扰了他们的修为；大小不一的茶壶茶几，形态百出，纹理清晰，却不损天然；一排排高高矗立的子弹头，威严肃穆，好像随时准备着被推进炮筒，为保护地球的安宁奉献自己。

走近《丝绸之路》，仿佛听到了悠悠的驼铃，一支古老的商旅，浩浩荡荡，从长安出发，穿越历史的长河，走向未知的国度。面带自信的商贾、步履稳实的驼峰、休憩的驿站、玲珑的古寺，告诉人们，这是一次真真切切的前无古人的商贸之旅。

再看《清明上河图》，汴京郊野，春寒料峭，疏林薄雾中，掩映着几家茅舍，老树，流水，扁舟，柳树枝头泛出嫩绿；汴河码头，人烟稠密，粮船云集，轻摇浅晃的舟楫欸欸乃乃；街道两旁，屋宇鳞次栉比，叫卖有声的货郎，呼儿唤女的母亲，挑帘观街的少女，迎风招展的酒肆旗幡，处处彰显出北宋的繁荣。

这些都是树木树根雕成的啊！她们的前身就是木头树根，就是我老公的同学当年喜欢的那些树根树蔸树杈树干。

平凡的根木曾经散落于世界各处，山巅、原野、湖畔、林间，经历无数的风餐露宿，日晒雨淋，山遥路远，千里迢迢，齐聚木国，沉睡了许久许久的木头终于醒来，在艺术家的手里脱胎换骨，驻在木身里的灵魂，焕发出新的生命。每根木头都有了美丽的模样。

“木秀水灵孕万物，天生地成造奇功”，此乃“木国天意”也。

徜徉在琳琅满目的六个展厅中，于森林的喧嚣与孤木的寂寞中流连忘返。

突然听见有人叫我老公的名字，回头一看，依稀辨认出，他就是老公三十几年前的那个同学。

“哈！原来是你打的电话哦。几十年没有你的消息，你特意回来参观天意木国的？”

“回来一段时间了，我已经在这里上班了。”

“啊？那你广州的根雕工作室不搞了？”

“我那算得了什么，小巫，小巫。这才是真正的根雕艺术，是我的最爱！”

“老婆孩子都随你回来了？”

“孩子没有来，我把工作室交给他了。老婆也跟着我在这里打工。”

“你老婆能习惯这边的生活？”

“习惯习惯，当年她擦身而来，我问她，嫁我可行？她笑盈盈地把手伸给了我。她能习惯得了我，就能习惯得了这边的生活。这么大的根木艺术馆开到我家门口来了，此乃天意啊！我跟她说，我的后半生就嫁给天意木国了。”

“哈哈哈哈……”看来他也有一段类似于我的擦身情缘，不论无关遥远的乡村，还是繁华的都市。

他真成了一名根雕艺术家，这大概就是艺术的魅力，它能改变一个人，它也能成就一个世界。从根雕的世界里走出来，我半天都无法平静自己的心。

走出展览大厅，我们又遇上几辆鱼贯而入的旅游大巴，我想，那些游客一定从我的脸上，看到了不虚此行的满足。

天长长　地久久

从益阳海洋城的摩天轮下来，心情有点小爽，但当着女儿女婿的面，我们按捺住内心的喜悦，故意没有万分感慨，而是很自然地接受着孩子们细心周到的照顾，开心地享受着冬日的暖阳。

这是我们很久以前的一个小小的心愿，想到长沙城里去，坐坐过山车，踩踩摩天轮。这次终于登上了摩天轮，而且是在自家的地盘上，还有孩子们陪着，开心洋溢在脸上，实实地满足。

二十几年前，我们玩得好的几家朋友相邀，带着孩子去长沙玩，第一次看见那么高不可攀的摩天轮，我们还真吓得都没敢坐，不知是因为真的是胆儿小，还是六十块钱太贵。

走出海洋城，女儿问我们要不要去梓山湖划船，我商量的眼神还没抛出去，老公就异常兴奋地回答了："去，去，去，我要去！"

穿过宽阔气派的益阳大道，徜徉于歌舞升平的佳宁娜广场，漫步登上梓山湖堤，老公突然转身和女婿说："这是我和你老妈第一次牵手的地方。"

孩子们起哄了，问我是不是真的。环顾周围的一景一物，我确实有些惊讶，是这里吗？除了这梓山湖（当时叫梓山村水库）里波光粼粼的湖水，寻找不到半点当年的景象了，几十年的变化，日新月异，这里早就物是人非了！

三十几年前，我因骑单车撞了一台东风牌大型拖拉机，撞断了三根肋骨，肺部气胸，在当时的益阳地区医院住了五个多月，在人们都认为我不死也会残废的叹息声中，我奇迹般地病愈出院，被转院到当时的益阳县中医院，做康复治疗。

当年的益阳县中医院，坐落在一座小山坡上，就两栋房子，坡下有条小水渠，不知从何而来，又流向何处。我就在这座简陋的医院里养着伤，期待自己能康复出院，过上像正常人那样幸福的生活。

那天，我正坐在病床上写个发言稿，准备在不久将召开的益阳县第一届文学艺术界联合会上作个发言，突然发觉有个人站在我的病床前，我很惊讶："你怎么来了？你是怎样找到这儿来的？"

他是我衡龙桥的同事，一个年级组的，工作中比较聊得来，平时没有什么联系。我住在益阳地区医院时，他和同事们去看过我几次，每次都不怎么跟我说话。

他说，这次中秋节放半天假，正好到益阳有点事，就顺便到医院看看我，没想到我已经转院了。问了好多人才知道，县中医院在梓山村水库的下面，于是从319国道下来，顺着这条小水渠往上走，一下子就找到了。

他说是一下子，可是，当时没有电话，也没有公交车，能一下子就找到这梓山村旮旯？

◎ 从益阳海洋城的摩天轮下来，心情有点小爽，但当着女儿女婿的面，我们按捺住内心的喜悦，故意没有万分感慨，而是很自然地接受着孩子们细心周到的照顾，开心地享受着冬日的暖阳

他跟医生请假，说我在医院里关了这么久了，想带我出去走走。医生不同意，说我身体还没完全康复，不能走远。他哀求医生，说就到坡下的水渠边走走，最后，医生还是答应了我跟他出来走走。

并不蜿蜒的水渠，不是很宽，估计一个奋力的纵步可以越过，水在渠底自由地流淌着，看不出深浅，水渠两边的稻田已经收割，只剩下不咋整齐的禾蔸根，路边恣意地长满了成熟的野草，看来这里平时很少有人经过。

五个月来，第一次呼吸没有药水味的空气，让我真实地感受到，我是真的活过来了。他问我，有没有勇气再走远点。远一点可以沿水渠向下走，到319国道，近一点可以向上走，到梓山村水库堤上。

我跟着他向堤坝走去，几十米高的梓山村水库大堤，是他拉着我的手，斜着走之字形路，慢慢地，一步一爬地，艰难地攀上去的。

上面没有无限的风光，就阴森森的一个水库，人迹罕至，一条泥巴砂石筑成的水库堤子，上面铺了一层炉灰渣滓，我想在堤上休息一下，屁股也不敢坐下去。但两人的心情似乎不赖，还对着旁边寂静的山谷吼了两嗓。

他赶紧搀扶着我下堤，我们必须在医生规定的时间内赶回医院。

他说，没有想到第一次带你游山玩水，找了这么个穷乡僻壤，下次，下次我一定找个优雅舒适的地方，陪你坐坐。没想到，下次，他成了我的朋友，接下来，他成了我无话不谈的恋人，再后来，他就成了我的老公。

他曾多次尝试着带我出去玩。记得有一次，我们特意起了个大早，从衡龙桥乘车前往长沙，当我们兴致勃勃地买好门票，走进晓园公园时，里面已经人满为患，风景湖边的条椅上坐满了人，假山背后的石凳上坐满了人，绿茵茵的草地上坐满了人，我们只得在公园里幽幽地走着，直到看见一对恋人从石凳上起身来，我们才如愿以偿地坐上去，赶紧掏出高价买来的玉米棒子，填一填肚子。而这时，也已经到了我们必须搭车往回赶的时间了，我们必须赶上长沙回益阳的最后一趟班车。

那个年代跑到长沙玩，已经是够时尚、够败家的了，但我们还是融不进这座城市。回来的路上，老公情绪很是低落，嘴里悻悻地念叨，要是我们益阳能建座这样的公园，我们有空也能这样去走走玩玩，在公园的条凳上相拥坐坐，那该多美啊！

后来，也想过，到益阳街上去玩一玩，到我们第一次牵手的梓山村水库堤子上看看，但不是临时有事，就是天气有变，一缓再缓，没想到一缓就是几十年。

更让人没想到的是，几十年后，当年的穷乡僻壤，竟发生了如此翻天覆地的变化。原来的小水渠，现在成了车水马龙的罗溪路，马路中间的隔离带绿树成荫；原来高不可攀的大堤和堤下那片沉睡的水田没有了落差，已建成了一个平整、开阔，具有益阳地标性建筑的佳宁娜广场，可供成千上万的益阳市民在这里休闲娱乐，跳舞健身；在广场与罗溪路的交界处，八车道的益阳大道东西横贯，人行道边种满了花草树木，每到四五月份，满街的矮株栀子花竞相开放，白花花的一地，花香扑鼻；大道两旁高楼林立，万达广场，海洋城，更是洋气十足，我逼着女婿回答，是不是有点北京三里屯的风范。

老公指指点点，向孩子们回忆着当年的景貌，指着不远处的一群建筑说，那就是当年你妈住院的地方，现在已经是益阳市一所有名的三甲医院。我们当年就是顺着那儿，从这儿爬上来的，他乐此不疲地跑来跑去，用脚在这里点点，那里跺跺。

看着老头子力求准确的认真劲儿，孩子们开怀大笑起来：“这是爸妈的爱情胜地，此次一游，真是意义非凡啦！”

老头子兴奋地说：“就是就是，我和你妈经常有这个规划：等空闲一点，要找个时间，来梓山村水库堤子上坐坐看看。也不知道这辈子忙些什么，几十年都没有找出这个时间来。这下好了，有时间来了，样貌变了，地方都找不到了。”

“这不是找到了吗？你找到了我妈，你和妈一起又找到了我们，我们今天又陪你一起找到了昔日的爱情发源地。”

虽然样貌变了，但地还是这块地，只是变得更加富有，更加美丽，更符合人们对美好生活的追求。今天这里有地方坐，有地方玩，还有好吃的，好看的。

“这不正是你过去想带妈妈去的地方吗？”女儿搂着她爸，在堤边的遮阳伞下坐下来，递给我们每人一根香喷喷的热狗。

坐在暖暖的阳光下，看着眼前的老公和孩子，望着变化如是的景色，心情是多么的舒坦，一种小小的确实的幸福感，油然而生。

是啊，三十几年的时间，一晃而过。几十年的拼搏努力，留给我们从无到有、从温饱到小康的真实体验。老百姓只希望这样的日子越过越好，国泰民安，天长长，地久久，我们满腹情怀，满心期待。

躲过雨的屋檐

第一次去见公婆的面，是在一个春回大地，但花还没开的季节。手被他暖暖地拽着，心里暖烘烘的，但迎面吹来的还是料峭的寒风。下了客班车，还有一段不知道多长的大路小路和山路。他推出寄存在熟人家里的单车，我们悠悠地上路了。

几天前绵绵春雨浸湿过的山村小路，泥泞滑溜，这只脚还没有踩下去，另一只脚就滑出去了，真的是一步三滑，随时都可能摔倒。他一步三回头地在前面推着单车，我双手抓住单车后座的货架，紧紧地跟着，上坡时推一把单车，双脚打滑时就吊住单车以防摔倒。

虽然热恋期的我们，感觉不到山路的遥远和难走，但被泥巴裹挟的鞋子和前路难行的单车，还是有点让人狼狈。

忽然，天空又下起了大雨，他把单车扔在路边，拖着我紧赶慢赶，来到了山脚下的一户人家。

三间矮小的瓦房，没有粉刷的墙壁，裸露的泥坯土砖早已斑驳，窄窄的屋檐下横着一根竹篙，竹篙上晾着好几条很旧的裤子。

门是关着的，一扇破旧的木门，屋子里好像没人。我们跑上窄窄的阶基，阶基真的很窄，边缘还残缺不齐，屋檐水落到地上后弹回来，又溅到我们的鞋上和裤腿上，但我还是很庆幸，有这样一个屋檐给我们躲雨。

阶基的一头有几捆干枯的柴火，也许是因为日晒雨淋，柴火上的树叶子全部掉在地上了。我们抽了两根树枝，侧转身来，免得弯下腰时，头被屋檐水淋湿，耐心地掀着鞋帮上的烂泥巴，一边静静等着，希望雨能快点停下来。

这时，门开了，一个说不准年龄的中年妇女出来了，手里搬着一条长凳，只有乡下才有的那种古老的原始的长板凳，友善一笑："碰上大雨了吧，就在阶基上坐一会儿吧，等雨小了再走。"没有修砌的泥土阶基，除了窄，还凹凸不平，凳子有点放不稳。

"我老倌出去做事摔伤了腰，大小便都不方便，我就不请你们进屋了。"她难为情地细声说着。

我问她："为什么不去住院治疗啊？"我无意打探别人的隐私，但我还是有点担心，与其说是担心，其实是不理解。

"两个孩子在外地打工，都还没成家，不想告诉他们呢。"说完她进屋把门合上了。

看着雨小了许多，我们赶紧动身，我轻轻地敲了一下虚掩的门，大声说了声："打扰了，谢谢！"

她探出头来细声地说："谢什么呀，就在屋檐下躲了一阵雨，门都没有进，茶也没泡给你们喝……"

我们重新拐上山道，推着单车，继续向婆婆家进发了。

◎ 是啊，躲过雨的屋檐都能给人温馨的回忆，生活在这么美好的社会里，老百姓的幸福感怎能不爆棚

一晃三十多年过去，农村发生了翻天覆地的变化。家家建起了新洋房，一条条水泥道伸展到每个村民的家门口，自来水管接到了每家的厨房，网络连到了各家各户，村民过上了和城里人一样的生活。

去年回乡下婆婆家过年，因为疫情，走不了亲戚，我就嚷着，要老公带着我，去那年我们躲雨的那个山里人家看看。

苍翠的竹林，明净的小溪，山间慢慢升腾着紫色的雾霭，清新的空气中充满了甜蜜。我们漫步在几乎没有人行走的幽静的山村公路上，惬意地将自己湮没在温馨而美妙的风景中，一任晚风撩起我们飘扬的思绪。

我们尽力回忆着那条泥泞小路和那三间矮小瓦房的位置，但怎样都找不到原来的样子，顺着蜿蜒的水泥路往前走，转过弯后，突然看见公路的尽头，有一栋漂亮的两层小洋房。

我走上前去，房子的主人喜笑颜开地迎了出来，我一下惊住了："你就是以前山脚下那矮瓦房的女主人？"

"是啊，你怎么知道的？"她惊愕了。

"我们就是当年到你家躲过雨的那两个人啊！"她的样子几乎没有多大的变化，穿着一件大红的羊绒外套，还烫了个板栗色的鬈发，笑容满面，浑身散发出饱满的精气神，看上去比当年还年轻。

"哎呀，说起当年，我都不好意思了，那天老倌尿湿了裤子，天气不好，之前换下来的裤子都还没干，光着身子的老公躺在床上不能动，我都不敢请你们进屋去坐，让你们在屋檐下躲了那么久的雨。"

她告诉我们，现在老倌身体好了，家里也富裕了，儿子儿媳都会赚钱，都会开车，两个孙子都到外地上大学去了，今年疫情，响应国家的号召，就地过年，没回来。

她兴奋地拿着我的手，喋喋不休说着，没有给我插嘴的机会：“现在一切都好了，我家到处都可以让人躲雨了，我的儿孙在外面也到处能找到躲雨的地方。共产党真好啊，我们国家的政策真好，不但富民强国，还在遇到天灾人祸的时候，为我们老百姓遮风挡雨……”

是啊，躲过雨的屋檐都能给人温馨的回忆，生活在这么美好的社会里，老百姓的幸福感怎能不爆棚？

远山有灯

今年大年三十不放假，白天要上班，只能下班后赶回家过除夕，我们家没有车，怎样回家吃年夜饭啊？

我挎着包，拎着袋，挽着兜，拖着行李箱，被老公拽着，一路狂奔，紧赶慢赶，总算挤上了最后一班回乡下的加班车。

车上的乘客和我们一样，都是赶回老家过年的，大包小包，依偎的小两口、奶孩的年轻夫妻、乘客们欢快的寒暄、孩子们娇滴滴的哭闹在寒冷而拥挤的车厢里暖意浓浓，此起彼伏的手机铃声传递着亲人温馨的期盼、虔诚的祝福。

终于到站了，车徐徐停下，大家兴奋地下车，互道祝福，鸟散在夜幕中。

山村小镇已是万家灯火，浓浓的年味扑面而来，夜空中烟花争奇斗艳，和着鞭炮声一同袭来的是大年夜的酒香和菜香。

我和老公还要走一段山路才能到家，平时还能在小镇上喊到出租的快巴车或单摩，今天这个时候，都在家热热闹闹吃年饭了，再挣钱的生意也没人做了。

我们只得重走爱情路，用我们不再年轻的脚步度量这条走了几十年的山间小道了。

第一次走这条泥泞的小路，是在我们热恋期间，那时根本感觉不到山路的遥远和难走。茂密的竹林，清幽的小溪，弯弯曲曲的山间小路上，几乎没有行人，清新的空气中，充满了甜蜜。相恋的人儿，可以在这儿自由自在地行走，尽情地倾诉。转弯能看见山脚下的那所房子已经亮起了灯，晚暮中炊烟袅袅，甚至能闻到饭菜的芳香，我们却希望蜿蜒的小路更长点，小路尽头的那所房子更远点也没关系。

有孩子了，感觉就不同了，怀里抱着孩子，兜里装着尿布，手上举着雨伞，侧身一跳，坐上丈夫的载重单车的后座，丈夫踩得汗流浃背，气喘吁吁，我坐得摇摇摆摆，胆战心惊，生怕单车一歪，孩子从我怀里摔出去。

到孩子稍微大一点的时候，她可以坐在单车保险杠上的固定编织小椅上了，而我搂着包坐单车后座。上坡路，我就下车，老公推着孩子走。到下坡，我就跳上单车，一路狂飙，不小心，一个趔趄，人仰车翻，睡梦中的孩子从椅子里被甩出去好远，滚到路边的草丛里，吓得哇哇大哭，好在没有伤到筋骨，只有一点皮外擦伤。

好几次单独夜行这条寂静的小路，远处的狗叫声，更显山村夜晚的幽静，路旁什么动物触动草木的簌簌声，让人感到惶恐，只希望快点看到，远山深处的那盏黄灯，希望坎坷的小路能缩短一点点，平坦一点点，宽阔一点点。

尽管孩子的爷爷天天扛着锄头，不厌其烦地，一锄一锄地，加宽平整这条唯一通向山外的小路，但很多年过去了，修路的成绩并不明显。

辛勤的愚公没有感动上帝，却赢得了山外乡亲们的帮助和村里的支持。

那天，公公欣喜地告诉我们，村干部带领一群人，拖着沙子，扛着水泥，风风火火，几天时间就把道路修到了家门口，连茶都没喝他一口。

这条让他辛苦了一辈子的小路，一下子变成了平整整、硬邦邦的水泥路，虽然不是很宽，但给人的感觉是那样的舒适宽敞。纠结了他一辈子的梦，一夜之间就实现了。他激动得老泪纵横，眉开眼笑，见人就说，如今的社会真好，这些村干部伢子不错，会办事。

走在新修的水泥路上，我们忘记了路途的疲劳。转弯就能看见公公的家了，一路走来，近处远山、山里、人家到处都有灯光闪烁，亮光点点，与远处夜空中绽放的烟花遥相呼应，点缀着这欢乐的夜，这是山村里的风俗，质朴的山民在吃年夜饭前，都要先去祖坟上，点燃香火蜡烛，给长眠山里的祖先和亲人送上一盏心灯。

“天啦！”老公突然惊呼，“不得了啦！”扔下手里的东西，狂奔而去。

我惊呆了，只见山那边火光冲天，一团一团的火焰随着风势直往上蹿，那噼噼啪啪作响的不是烟花，那是山火肆虐的咆哮，那儿正是公公的家呀！

我全身都快瘫软了，喊不出声音来。我也想快跑过去，但却提不起灌铅的双腿。等我连跑带爬来到老家屋后，火光冲天中，我看到了

◎ 山村小镇已是万家灯火，浓浓的年味扑面而来，夜空中烟花争奇斗艳，和着鞭炮声一同袭来的是大年夜的酒香和菜香

惊人的一幕，在我家老屋周围的防护林和后山之间已经砍开了一条近三米宽的防火带，防火带上矗立着一道人墙，人人手上拿着扑火用的树枝，他们黑乎乎的花脸和激动嘶哑的喊叫声让我感动，天啊！他们刚才经历了一场何等激烈的战斗。

他们好多是我不太熟悉的面孔，大部分是周围的村民，以及村民家从外地回来的儿子、儿媳、女儿、女婿等一大家子亲戚。我老公感动得泪流满面，一一和他们握手致谢，才发现村支书、村主任、村里的所有干部都在救火大军里，乡长、副乡长、乡里的许多领导干部，也都在山火的现场。

山的那一边传来电锯的轰鸣声。村主任说，那是一部分人还在山的另一边用电锯扩展清理防火隔离带，以防万一风向改变时，火势蔓延到其他山脉。乡长悄悄地告诉大家，那边带队的就是我们的副区长。

村支书愤愤地说："哪个兔崽子，上坟点灯送亮不注意，害得我们差点年都过不成。过了年我就要找出这个人来。"

村主任说："没事了，只要等这一小片树林烧完，我们就可以放心回家吃年饭啰！"

这时我才想起家里的公公婆婆，他们没吓晕吧？我赶紧跑回家，推门一看，老两口正热火朝天地捣弄着年夜饭。满屋子热气腾腾，大鱼大肉的香味扑面而来，电视机的声音开到最大，隔几间屋子都能听得清清楚楚，可耳背的公公婆婆还嫌声音太小。

看到我，老两口轻松地吐了一口气："总算回来了。"然后，兴奋地、各顾各地、唠唠叨叨地说开了。

"怎么搞到这么晚才回来啊？"

“担心死了，生怕你们路上出车祸。”

“怎么这么不会说话啊？三十晚上说什么死啊祸的，多不吉利。”

“今年过年真热闹，烟花爆竹好像不要钱，家家户户都舍得放，把个半边天都烧红了。”

“来，赶紧吃年饭，吃完好去看春节联欢晚会，节目都开始一阵了。”

“咦，崽伢子呢？”

“你回来这么久了，他怎么还没进屋呢？”

这时，老两口才发现他们的崽伢子还没回来。我实在忍不住了，用很大的声音把实情告诉了他们：“那烧红半边天的不是远处的烟花爆竹，就是我们屋后的森林大火。为救这场大火，还有好多人家的崽伢子没回家呢！”

“啊？”婆婆吓得差点倒下，幸好一只手搭住了灶台。

“别急别急，现在火势已经控制了，山火不会烧到我们家了。”

“真难为这些孩子了！他们是为了救我们这两个老人啊。”公公激动得手足无措，把案板上准备的猪肘子、羊腿、全鸡、全鹅、牛肉、肉丸子，一大盆一大盆的菜肴，端起来又放下，放下又端起来，然后突然命令道，“婆婆子，赶紧烧火，我要把明天初一祭祖宗的、初二招待郎门女婿的、十五接庙灯敬菩萨的，全部都拿来招待我的救命恩人。”

他接着命令我：“你赶紧去把他们所有的人都请到家里来，我要请他们在我这里吃年饭！”

我到后山传达了我公公的意思，诚意恭敬地邀请每一个人来我家吃饭。我把我们先扔在路上的年货提回家，全捣弄出来，摆满了桌子和茶几。先前在路上还埋怨自己，买的东西太多了，实在提不动，累死人了。现在，我却一个劲儿地骂自己真小气，每样东西都买少了，这么多恩人，怎么能吃得周到。

然而，山火熄灭后，恩人们一个都没有进来，公公跑到路上去拦也没拦住。一个看上去比我公公小不了很多的老爹爹，冲着我公公大声嚷道："老家伙，没吓死吧？"那得意劲儿，好让人感动。

"老人家，让您受惊了。"乡长握着我公公的手说，"大家都要回家过年，就不进去打扰您了，新年快乐。"

村主任拍着我公公的肩膀说："放心吧，烧不着你的家了，安心过年吧。"

"我还没给祖坟送亮呢！"年轻人突然记起。

"我也是，刚准备上坟山点灯，看到这边起火了，就跑过来了。"

"不管是今天晚上，还是初一、十五，凡是到坟山里点灯送亮的，都给我记住，千万注意防火咯！"村支书敞开嗓门叫道。

"知道啦！"

"回家咯！"

"新年快乐！"

"明年见！"

看着大家一个个消失在充满浓浓年味的夜色中，公公久久不肯进屋，心疼地念叨着，这些孩子，连茶都没喝一口。

悄悄话儿放声说

栀子花开的日子里，从来不打电话的婆婆突然打来电话，电话里她满心委屈、满腹牢骚地诉说着公公的不是：“你爸拿了我的钱不给我。”

我和老公都觉得纳闷了，一直以来不都是公公挣钱，公公当家，婆婆的花销都是公公给她，从来没有过饿苦婆婆的事啊？只经常听到公公呵斥婆婆，只知道打牌要钱，要钱打牌，怎么会反过来公公拿婆婆的钱呢？正好周末到了，我和老公决定回乡下，看看这对老冤家。

夕阳西下时，我们回到了乡下，暮归的老牛、荷锄的农民，潺潺流水，袅袅炊烟，一条条水泥大道伸展到每个村民的家门口。

走进乡下人家，正是乡下人吃晚饭的时候。他们把桌椅板凳搬到门前的晒谷坪里，还把个大电视机也搬了出来，放在大饭桌上，抿着醇香的谷酒，对着电视屏幕，天高地阔地吃起来。桌子底下，等待骨头鱼刺的猫狗，给这潇洒的晚餐增添了不少的情趣。

习习凉风送来悠扬的乐曲声，从荷塘那边飘过来的，那是隔壁邻居的几个大嫂，吃饱了没事做，怕发胖，在跟着录音机，学着城里人跳健身舞呢。

天边的晚霞、归巢的小鸟、自由快乐的青蛙和乡下人家，绘成了一幅自然和谐的田园山水画。

走进家门，只见公公一个人在清洗碗筷，收拾灶台。我满屋子喊了一遍，也没有看见婆婆的身影，我问公公：“妈妈呢？”

公公有点愤愤不平地说：“哦哈，吃了饭，筷子一扔，就到下面湾里看那些堂客们跳舞去了，还说，她也要去学着跳舞，哈哈，也不看看她自己什么身材……”

“我什么身材，我什么身材你最熟悉啊。”正说着，婆婆回来了，“还说我身材不好，当年是你自己看上我的，我进你们家的时候可是漂漂亮亮的。”

“哈，漂亮，漂亮个屁，脸上一个猛大的包，眼睛肿得只留下一条缝。”原来，当年公公到婆婆家里去相亲时，正好遇上刚从山里打柴回来的婆婆，脸上被黄蜂蜇了一口，婆婆当时特别难堪，低着头，不敢看公公一眼，公公却一眼就相中了婆婆。

“哈哈，那怪谁呢？我那个样子你还看上了，真没出息。”

“我没出息？一辈子我供你吃，供你穿，供你打牌，供你玩，你还说我没出息？”

“现在你拿了我的钱不给我，你就没出息！”

我们回来就是想弄明白这个事情，正要问公公怎么回事，还没开口，公公就咧嘴笑开了：“现在这日子好过哦，不但不要交上缴，还种田有补助，喂猪有奖励，现在老了老了，还有钱发给我们，这党的政策真好啊！这不，政府每个月还白白发给我和你娘几十块钱！”

“他就每个月争着去领钱，拿了我的那份却不给我。”

“我不是怕你拿去打牌又输掉吗？”

“可那是我的，是政府发给我的，是我自己的！现在这政府真是比老公都好。好社会哦！”

突然，婆婆一把抓住我的手，紧张兮兮地说：“真的，函伢子没事吧？”

“没事啊！她健康平安，学习工作都很顺利，生活得很好的，怎么啦？”

这时，公公得意起来：“我说了吧，打仗的不是函伢子去的那个国家，打仗的那个国家是利什么国家，利字在前面，函伢子去的那国家是澳大利，利字在后面，还亏你天天看电视，连国家的名字都搞不清。”

我老公赶紧接过话说：“爸爸妈妈受惊了，放心放心，现在打仗的是利比亚，你们的孙女是在意大利，与利比亚相隔一个地中海，远着呢，没有一点问题。如果真有问题，我们国家早就派飞机把他们接回来了。”

“我早就说了嘛，她只听到有个利字，就以为是那个国家，这下明白了吧，不会担心得晚上睡不着觉了吧，打仗的是利比亚，函伢子是在意大利，呵呵，也不是叫澳大利。哎，好像有个国家叫澳大利吧？”

“哈哈，是有个这样的国家，叫澳大利亚，还有一个国家叫奥地利，没想到您老人家还熟悉蛮多国家的名字哦。”老公没有半点调侃他父亲的意思。

◎ 天边的晚霞、归巢的小鸟、自由快乐的青蛙和乡下人家，绘成了一幅自然和谐的田园山水画

“哦，原来叫澳大利亚哦，秋老倌的孙子在那里，我经常听他说这个国家的名字，原来我说丢了一个字哦。你娘啊，我就是跟她说不清，天天在家里骂我没良心，不心疼人，不赶紧搭火车去把函伢子接回来，害得她天天晚上睡不着，白天打牌不安心，天天输钱，输了钱就怪我。”

婆婆有点不好意思起来：“我不是担心吗？其实先前日本地震看到我们国家，把在日本读书工作的那些中国的孩子接回来的时候，我就想到了函伢子，鼻子酸酸的，搭帮国家强大，看得人重，就像从前一样：娘屋里有人，不怕场合。我就不怎么担心了。

“但后来那里什么国家打仗，国家又派飞机去把所有的中国孩子接回来了，但一直不见函伢子回来，我以为出了什么事，你们和你爸都瞒着我呢。

“没事就好，没事我就放心了。那我今晚到秋嫂子家打牌去了，你们陪你爸吧。”说完真的拿着钱就出门了。

“你看你娘，你看你娘。”公公有点无可奈何地对着夜幕中大吼道，“你去，你去了就别回，今晚我就不给你开门！”

“我才不怕你呢，今天有崽和媳妇给我开门。”

山村的夜晚静谧而清新，我们一觉睡到自然醒，不知道婆婆是什么时候回家的，当然崽和媳妇没有给她开门。

第二天起床时，公公的早饭已经熟了，公公告诉我们：“你妈昨晚赢了二十块钱，可高兴啦。”

陪着老两口在屋前屋后忙了一天，暮色苍茫中，我们提着他们为我们装满的大包小包返城了。

没过几天，公公又突然打电话来说，人有点不舒服，想到城里来看病，我和老公立刻紧张起来，马上答应赶紧把工作安排好，准备第二天就去接他来医院检查，可他说不要我们去接，他自己来就是了。

可还不到中午的时候，公公又来电话了，说他已经到了医院，已经在做检查了，我们紧张兮兮地赶到医院时，他老人家笑嘻嘻地站在医院门诊的大门口，大声地对我们嚷道：“没事没事，就血压有点高，胸口有点胀，脑动脉有点硬。”

我们向医生了解情况后，给他开了点药，在附近的饭店吃了午饭，准备打的士回我们家，我们想留他在城里住几天，可他不同意：“我住在你们这里，谁做饭给你娘吃？晚上谁陪她守屋子？家里的鸡呀鸭的怎么办？”

我和老公相视一笑，也是哦，他老两口确实还离不开呢。

于是我们决定喊车送他回去，他说不用花那冤枉钱。没办法，我们就打的送他到东站搭班车回去吧，没想他也不同意，他说他搭公共汽车去东站，他还说：“我搭车不要钱的。”

说着，笑呵呵地从身上掏出一个红本本给我们看，原来是个老年证。我跟老公说：“没想到农村里的老年人也办了老年证了。”

公公赶紧接过话说：“办了两年了呢，开始给我的时候，我还不高兴，我不想别人把我当作老人。后来他们又说拿了这个东西到街上来搭车不要钱，我又不相信，我觉得搭别人的车不给钱，那怎么好意思啊。今天我特意来试试看的，刚才来的时候试过了，原来是真的呢，真的不要钱。本来，我早就想带你妈妈一起来的，但她说她晕车，生成没福气的人。今天一黑早，我就一个人偷偷地出来了，没有告诉她。”

我们嘱咐公公，要记得吃药，有什么不舒服，就及时告诉我们，到医院来检查，公公说：“不要不要，现在农村合作医疗好，我和你妈在乡卫生院看病住院，差不多不要花什么钱。你们不用为我们操心，好好工作，好好工作就行。”

这时，老公的电话响了，是婆婆打来的，她急得打着哭腔：“你爸爸不见了，一黑早就没看见他了，上屋湾里下屋湾里找遍了，就是没看到他的影子，你们赶紧回来咯。”

我老公和公公相视一笑，对着电话说：“别着急，马上就回，马上就回，正准备上车了。”

这时公公不无得意地说：“你看你娘，你看你娘。我真的得赶紧回去了，说不定她还没吃早饭呢。”

说完，公公就行色匆匆地跨上了公共汽车，不要他钱的公共汽车。车开动了，又突然扒开车窗，大声地对车下的崽和媳妇丢了句话：“我回去给你娘做饭去了……”

岁月，因为走过而美丽

人生啊，就像一杯没有加糖的咖啡，喝起来是苦涩的，回味起来却有久久不会褪去的余香。

她至今都忘记不了那个北风刺骨、令人寒噤的冬日早晨，当鼎鼎有名的“达人”袜厂宣布又一批下岗职工名单，她也名列其中时，她感觉天塌了，从未有过的惶恐向她袭来，无助的泪水夺眶而出。

她曾经是厂里的广播员、车间会计，虽然算不上养尊处优，但也是个闲看花开、静待花落、冷暖自如的小女人，一直生活得无忧无虑。

突然好好的工作说没就没了，她怎么也接受不了，心理压力、社会压力和随之而来的经济压力，就像三座大山压得她喘不过气来。那段时间，她天天跑到厂里去等，看能不能重新上岗，但等来的却是又一批姐妹的下岗。

重新上班是没有希望了，而家里上有老下有小，只靠丈夫那份微薄的工资，坐吃山空，早已入不敷出。

她彷徨了，丈夫的温存解救不了她，亲戚的安慰帮助不了她，周围姐妹们的倾诉只能更加加重彼此的难过和焦虑。

她受不了啦，突然萌发了外出寻求出路的念头，她想离开这个让人窒息的环境，到外面去闯一闯。她执拗地挣脱丈夫的臂膀，踏上了南下的火车。

当火车开入这座陌生的城市，那是她从来没有见过的霓虹，街上飘来撩人的歌声："有没有人曾告诉你，我很爱你，……"

一个人走在这不夜城的街头，她无心观赏充满诱惑的夜景，她没有看到预想的欢呼，却感受到了自己内心强烈的哭泣。

好几天漫无目的的转悠，没有一点成果，拖着疲惫的身子回到旅馆，坐在床上，打开行李袋，摸着丈夫临别时塞进旅行袋的牙膏牙刷和香皂，她突然感到无比的思念，思念疼她宠她的丈夫，思念她疼她爱的儿子，思念那班曾经朝夕相处的、欲哭无泪的姐妹。

天天面对一些陌生的面孔，每次去与人言语不通地交流，她感觉自己无法融入这座城市。她想偷偷地把自己的牢骚和委屈拿出来晒晒太阳，但没有地方摆放。正如那首歌所唱的："有没有人曾告诉你，我很在意，在意这座城市的距离……"

她甚至怀疑自己这次离家出走的目的，是赌气，是逃避，还是不敢面对？就算在这里找到了工作，能挣到钱，家里的孩子怎么办？丈夫怎么办？厂里的那些失去了工作、没有了生活来源的姐妹，又能怎么办？她们都能和我一样，抛家弃子，跑到这座陌生的城市来吗？

只有走过弯路，才能明白自己想要的是什么。她好像突然清醒，与其在这座陌生的城市打工挣钱，不如回到自己的家乡办厂创业。自己是个袜厂职工，黄豆子拣熟的拈，就办袜厂。那样又能和那些姐妹生活在一起了。于是她毅然地踏上了回乡之路，开始创办工厂。

办厂何其难！那可是白手起家呀。

春节刚过，她就顶着凛冽的寒风开始走亲访友，不分白天黑夜地找亲戚朋友借钱。好不容易借了四五万块钱，于是租了一间民房作厂房，强行挽着身患重感冒还没痊愈的丈夫，一起到长沙买了6台旧袜机，又只身一人到安徽购买了一批配件，请师傅加紧改装机器。为了节省开支，所有的零配件、原材料都是她亲自去购买。

她默默地告诫自己，创业的路很长，要坚定地走下去，任何一个困难，都不能让自己偃旗息鼓。

一个燥热的夏夜，树梢上的夏蝉也疲惫得不再扯着嗓子嘶喊。她从外地买零配件回来，下车后，自己提着近三十公斤的零配件走路回厂。一口气走了几里路后，她已经脚酸手软，汗流浃背，实在走不动了，只得租了路边的一辆板车把零配件搭上，自己挥汗如雨地紧跟在板车后面，湿透的衬衫紧裹着她娇弱的身体，拖板车的师傅实在看不下去了，硬是把她拉上板车，连人带货拖回了家。

那一段时间，白天出去采购，晚上则一家一户地上门拜访，她要聘请十来个原来老厂的下岗姐妹，来自己的新厂工作。每天下来，她都是精疲力竭，但想到工厂快要开工了，心里有说不出来的喜悦。

在一个春暖花开的日子里，自己一手创建的工厂，终于在一片鞭炮声中开工了。

原来在达人袜厂，她只是一名普通职工，对技术设备与生产营销从未沾过边。现在自己办厂，所有这些都得亲自去干。于是她便硬着头皮去学技术，闯市场，半年时间跑遍了省内各大批发市场。

那是一个阴沉的下午，她在株洲芦淞市场与一个袜子批发商谈业务，因价格问题谈了几个小时都没有结果。芦淞市场批发商一般都是上午五点开业，下午四点歇业，对方不时抬手看表，脸上已表现出十二分的不耐烦。她看时间已是四点半了，心想把这笔生意做成后搭下午五点半的班车回益阳，但经过反复努力，谈判还是以失败告终。

一家家铺面都关门歇业了，市场顿时显得清冷起来，她提着大包小包无精打采地往车站赶。几声电闪雷鸣后，大雨顿时倾盆而下，躲也无处躲，浑身上下淋了个透湿，到家的当晚就发起了高烧。因为厂里事多，她顾不上去医院治疗，病越来越重，一连几天高烧不退，水米不沾，险些酿成伤寒。床头的丈夫偷偷地哭了，儿子拽着她的衣袖不肯松手。

为了做到生产管理和市场营销两不误，每次她都是白天理顺厂里的工作，连夜动身出发去外地洽谈业务，把路上的时间都安排在晚上，饱尝了风餐露宿、日晒雨淋之苦，也遭受了无数的挫折和失败，尝尽了人间的酸甜苦辣。

在眼泪和汗水的陪伴下，袜厂的生产和营销慢慢步入正轨，一年下来，工厂开始有了盈利，事业终于有了一点起色。

第二年，她将所有的积累投入扩大再生产，添置了新设备，新聘了二十多个下岗工人，工厂各项指标都翻了一番。

创业不易，守业更难。公司虽有了个好的开头，但今后的路怎么走，给她带来了更大的挑战。

她看到周围还有很多像自己一样的下岗姐妹，没有工作，她们不敢提篮小卖，不敢上街擦皮鞋、卖麻辣烫，极度的自卑感和再就业的

◎ 时间就像一张网，你撒在哪里，你的收获就在哪里。只有经过了冬的积蓄、春的萌发、夏的哺育才有了秋的硕果

心理障碍，使她们十分消沉，生活陷入非常艰难的境地。

有一天，一位姓张的大姐为女儿筹学费找到她，未开口，泪先流。原来，张大姐和丈夫双双下岗了，上有七十多岁的老母要养，下有两个孩子上中学，生活十分艰难。她十分同情这位大姐的遭遇，当时就掏出钱来，要她赶紧去给孩子交学费，并把她请到工厂上班，为她解除后顾之忧。由这件事她联想到，老厂还有许多这样的王大姐、李大姐，于是她暗下决心，要利用开办的工厂为她们提供一个挣饭吃的机会，而且一定要把自己的公司做大做强，让更多的姐妹回到织机旁来。

在工厂，她把员工当作自己的亲人，为了让上夜班和离家远的职工休息好，特意租了一间民房，开设了三十多个床位，供他们休息。职工生日、结婚、生小孩，她都亲自送去礼金礼品和祝福。员工病了，她更是忙前忙后，端茶递水，无微不至。

有一次，职工龚爱玲上拉机时，不慎将一根带钩的针插进了手指，拔不出来，鲜血直流。她立刻把她送到医院做手术，除负担全部医药费外，还拿出100元钱给她补充营养，并让她休息了一个星期，工资照发。

正因为这样，员工也把公司当作自己的家。有一次，她出差在外，瓢泼大雨造成工厂下水道堵塞，积水猛涨，眼看就要淹到厂房和仓库，职工们连夜冒雨抢运货物，使公司免受了一场严重损失。回来后才知道情况的她被感动得热泪盈眶。

从此，她更加热心公益事业，致富不忘回报社会，汶川地震，捐款捐物，抗洪救灾，亲临慰问，希望工程，捐资办学，还收养了安化县贫困山区的两名孤儿，尽心尽职地把她们抚养长大。

那天，她从《益阳日报》看到一篇《山村孤女悲欢泪》的文章，了解到一对苦难姐妹的故事，心里很不是滋味。原来这对姐妹的父亲因严重疾病失去了劳动能力，母亲不堪家庭重负而离家出走，杳无音信。从此，年仅九岁的姐姐告别学校，挑起了养家糊口的重担。后来她们的父亲因病去世，姐妹俩便成了一对孤儿，不到十四岁的姐姐被嫁到邻村当童养媳，八岁的妹妹也准备送往别人家。幸亏当地政府及时发现，为姐姐解除了婚约，并把她们收养在福利院里。

看完这则消息，她就跑回家和丈夫商量，通过妇联参与“春蕾工程”，毅然把这两个孤儿接回了家。从此，失去双亲的姐妹有了自己的家，重新享受到了家庭的温暖，她的三口之家也变成了五口之家。穿衣，吃饭，洗衣，做饭，上学，放学，作业指导，家里一下子多了很多事，夫妻俩经常手忙脚乱，操心不少。她说，当初自主创业是形势所逼，如今经济条件好了，能为贫困孩子做点事，为社会尽点力，心里感到无比欣慰。

她满负荷地工作着，公司里里外外的事，不论巨细，她都亲力亲为。大到公司怎样扩大再生产，如何把好质量关，产品怎样转型，如何建立营销网络，参加广交会、农博会，小到职工运动会的布置，员工每日三餐的饭菜，她都一一过问。

看到她没日没夜地劳累奔波，病痛缠身，腰椎病，颈椎病，风湿痛，神经衰弱，晚上睡不着觉，丈夫心疼地说：“水满了再加，会溢，人累了再撑，会垮。”丈夫劝她，“别把自己逼得太紧，留些时间与空间给自己吧，你是个凡人，是个女人，你不是神。”

一个人能走多远，要看他有谁同行；一个人有多成功，要看他有谁相伴。人们都说，一个成功男人的背后一定有个不平凡的女人。她说，她的事业离不开丈夫。丈夫以他的方式为她支撑起另一片晴空，他始终是她创业路上最忠实的伙伴和朋友。以至于他们在事业发展后对社会公益的参与方面也能做到心心相印。

她明白，她给丈夫和孩子的时间太少了。但她舍不下自己的梦。

人生最精彩的不是实现梦想的瞬间，而是坚持梦想的过程。

第三年，第四年……从办厂至今，已经走过了二十年。

二十年来，由最初的6台改装的旧袜机，到现在公司拥有200余台套全自动电脑袜机。生产工人由开始的10多人，增加到260多人，其中安置下岗职工170人。产品由原来单一的传统尼龙袜转型出新，发展到3大系列、9个品种、18种规格的“麻纤维”“竹纤维”等各种环保保健品种。营销也由原来的背着产品上门销售，发展成为展会推广，网络营销。不仅注册了自创的“莎丽”商标，并获“中国驰名商标”，还将已经破产的达人袜厂的“达”字牌进行第二次开发，并建立了“达人纺织工业博物馆”。2015年8月12日，她花了两年多时间筹建的“达人纺织工业博物馆”正式开放，迎来的第一批客人就是原来达人袜厂的工人。博物馆的建立，展示了益阳纺织人对纺织工业文化的传承，见证了益阳纺织工业的品牌提升和巨大变化，延续了百年老字号的“达人”情结。

二十年的坚持，二十年的拼搏，她带领莎丽袜业走过风风雨雨，走过春夏与秋冬，走进了“湖南省私营企业优秀企业100强”，成为“湖南省农业产业化龙头企业”，站上了“全国五一巾帼岗”，荣获了“红十字救灾工作先进集体”。她自己更是获得了诸多殊荣：“巾帼创业明星”“三八红旗手”“再就业工程先进个人”“爱心女企业家”……

虽然岁月在她的脸上留下了些许皱纹，但她依然是公司员工心目中的魅力女神，真正的美丽达人。

时间就像一张网，你撒在哪里，你的收获就在哪里。只有经过了冬的积蓄、春的萌发、夏的哺育才有了秋的硕果。

那曾经追求的脚步，那历经艰辛的付出，她以创业女人的姿态，演绎了岁月的静美。

小草的回忆

夜深了，只有那不知疲倦的星星还在静谧的天空眨着眼睛。月亮把它的银辉悄悄地洒在大地。

小草在软风中扭动着柔嫩的身体，我躺在它的怀里，任它用温柔的手指将我撩拨。我浑身软酥酥的，伸伸懒腰，深深地吸了一口气。空气被露水湿润了，带着清爽。

“哎，小草，你还记得我吗？”我问道。

小草没有作声，呆呆地望了我一阵，好像要将我辨认出来，然而，还是随着风摇了摇头。

“怎么，你难道忘记了我吗？”

记得，记得那个令人窒息的夏天，太阳火辣辣的，树叶都吓得耷着耳朵，低着头，小草也在火风中抖动着。我怕它渴了，便到小溪去给她捧水来，可是，还没走到它身边，水早从指缝里漏得干干净净。当时我很难过，眼睁睁地望着它，望着它那干枯得可怜的躯体，最终还是没能想出个好办法。

◎ 小草还是像从前一样带着稚气，可是我那充满美梦的童年已经消失

哎！那毕竟是充满美梦的童年。

小草还是像从前一样带着稚气，可是我那充满美梦的童年已经消失。我打了个寒噤，一种模糊的恐怖压着我的心，这是一种没有边际和无法抵抗的虚无的恐怖。我感到我的生命受到这种恐怖的摧残。

我嫉妒小草，为什么它总是那样青翠、娇美。我揪住它的被露水沾湿的衣服，叫喊着。小草任我对它施以淫威，它不解地望着我，那晶莹的泪珠慢慢地落下。

“怎么？你受到委屈了吗？”我感到自己行动的鲁莽，伴着清风帮它整理折皱的衣裳，我突然找到了它不能回答我的原因了：它不是从前的小草，它是今年新生的！

啊，那和我在童年嬉戏过的小草已经不存在了，像我的童年也不存在了一样，每一根小草都在产生新萌芽的肥料中化为一无所有。

夜，更静了，我的衣服也被露水浸湿了。我真想尽情地躺着不动，但内心一种无法言表的感情，使我振奋，我站起身来，静静地向小草告别。

啊，我记忆中的小草，大概永远不会在时光的微风中枯萎；我理想的蔓条啊，也将在明日的晨曦中攀缘……

风雪飘来

楚丑走下颠簸了四个多小时的大巴车，天气预报中的暴风雪如期而至，但说好来接她的乔俊却并没有如约而来。

她举目四望，车站陌生而空荡，除了刚才从大巴车下来的零星乘客，风雪中没有看到她熟悉的身影，更辨不清她要寻找的方向。

楚丑和乔俊是大学的同学，当时能进这所大学的，都可谓是天之骄子，风华正茂的他们在象牙塔里，真是如鱼得水，大放异彩。

大一时，乔俊就开始追求楚丑，但楚丑一直不为所动，她认为他和自己不是一个世界的人。她明确地表示过，他，不是她的菜，要他别在自己身上浪费时间。

乔俊是高干子弟，爸妈都是当官的，而楚丑的爸妈只是一个小镇上的中学老师，生活条件和成长环境悬殊。乔俊的爸妈经常来京城开会，每次都会给乔俊带很多湖南的土特产。但乔俊把大部分东西都提到楚丑的寝室来了，乐得寝室里的女同学坐享其成，抢着自己喜欢的吃，还时不时地经常问楚丑，乔俊的爸妈什么时候再来北京。

乔妈妈，美丽大方而心细，后来每次给儿子送礼物来，都不忘了给楚丑带一份，几年如一日。带来的吃的，楚楚每次都是全寝室分了吃，但其他贵重礼物，哪怕是一个小件，她从来都没有接受过。每次来，全寝室都欢呼雀跃："欢迎乔妈妈又来看儿媳妇。"

乔妈妈每次都是开心地笑着说："我喜欢这个儿媳妇呢，但丑丑看不上我家俊俊哈。"

虽然楚丑明白地告知过，他们不可能成为恋人，但乔俊却一直没有放弃过追求楚丑，他不相信这么聊得来的两个人，会走不到一块，就是一块石头，也会被他捂热。一直到大四，两人报研的时候，乔俊才发现自己确实走不进丑丑的心里。楚丑根本就不想走进他的生活。

楚丑的目标是出国留学，最不济也要考个本校的研究生，她有自己的研究方向，她喜欢国际汉语教育，她希望自己成为一个国际汉语教育的天使，在世界各国之间飞来飞去。

乔俊的父母却为乔俊铺设了一条光明而便捷的康庄大道，他可以一展宏图，顺风顺水。如果丑丑跟着他，她也将生活得轻松而滋润，可以比一般的年轻人少奋斗二十年。

但楚丑很满足自己现在这种努力学习，一步一个脚印的生存环境，自信而有盼头。其实她和乔俊挺聊得来的，也喜欢乔俊的聪颖好学和活泼上进，但她觉得她和他的成长环境完全不同，她不走进他的生活，但并不影响他们成为无话不聊的知心朋友。

在一起，他们相知相惜，无话不谈，兴趣爱好，前途理想，家庭琐事，他喜欢什么样的女孩，她仰慕什么样的男人，两人之间可以毫无顾忌地全盘托出。有时候，妈妈穿什么颜色，喷什么香水，他都会来咨询楚丑。妈妈跟乔俊说："不知道为什么，我特别愿意听丑丑的建议。"

有一次，乔俊妈妈因为工作上的事，与单位同级别的领导发生矛盾，心里委屈难受，一定要组织给分出个子丑寅卯来。她回到家不吃不喝，几天过去了，乔俊爸爸也没有办法，只好打给儿子电话，要乔俊开导开导他这个钻进了牛角尖的妈妈。

乔俊打通电话，听到妈妈的声音，除了意料之中的愤怒、委屈，似乎更多的是无奈和失望。他感觉到问题的严重性，妈妈是个积极工作的女人，从来不把个人恩怨带到工作中，更不会被工作中的困难和艰辛压倒，难道这次真的是遇到了她过不去的坎，或者是不愿意过去的坎？

乔俊犹豫着，还是把困惑告诉了楚丑。楚丑拿起手机，拨通了乔俊妈妈的电话："阿姨，我是丑丑……"接下来是一段漫长的聆听，电话那头说了什么，我们不知道，楚丑耐心地听着电话，照单全收电话那头释放的情绪，整理着这个女人的心情，了解到一个女人工作的拼搏与无奈。她的心有阵隐隐的撕痛，但她帮不到她，她深感自己的无能为力，除了安慰还是安慰："阿姨，你别急，原则上的事交给组织，我们只管干好自己的工作，做好自己就行。天塌不下来，真的天塌下来了，也还有比你高的人顶着呢。"

"对呀，我儿子和我老公就比我高。"阿姨终于破涕为笑，"我上面还有组织呢。"从此，乔俊妈妈慢慢走出了抑郁的阴霾，与同事冰释前嫌，生龙活虎地回到了工作岗位。

后来，她经常对乔俊说："你和你老爸一点用都没有，关键时刻还是丑丑对我最好，是丑丑救了我。”

“什么丑丑救了你？她不就是电话和你聊了聊天吗？”乔俊觉得妈妈有些小题大做，就是因为楚丑不愿成为他的女朋友，妈妈就格外稀罕她。

“要不是丑丑，说不定我也和那些想不通的人一样，干出什么傻事来呢。”她也不知道为什么，每次和丑丑聊天后，心里感觉格外轻松，经常纠结的一些事情，经她一说，感觉好像真的不算什么事，“唉，丑丑不当心理医生，真是可惜了。”

其实，每个人每天都要遇到这样那样的事情，哪有事事顺心的呢。

人生不过二两酒，一两无奈，一两愁，人的一辈子哪有那样一帆风顺的，每个人光鲜亮丽的背后，除了付出的努力和拼搏，不知经历了多少厮杀和纠结，忍受得了失落时心力交瘁的痛苦，阻挡得了得势时来自四面八方的诱惑，才能看到柳暗花明的景色，才能领略到那种半夜敲门心不惊的境界。

楚丑没能成为乔俊的女朋友，但完全成了乔俊妈妈的好朋友。用乔俊的话说，楚丑几乎成了他妈妈的心灵倾听者和心理咨询师。

直到临近考试、论文答辩的毕业季，乔俊妈妈才有意慢慢疏远开来。孩子们也实在忙得不可开交，除了考试、答辩，再也无法顾及其他。

毕业晚会以后，同学们都开始打点行囊，各奔东西，就业工作，出国留学，考研深造，等待通知。在前途未卜的期盼中，各自忙碌着，试着慢慢忘记校园里曾经触摸过的纯真和友爱，期待那个也许会打过来的电话，尽管明知道不大可能，但还是看似潇洒地自由自在地等

◎ 北风呼啸，雪越下越大，在越来越浓的夜色里，已经看不清那一朵一朵鹅毛般飘动的雪花，只有寒气袭人

待着。

那天，楚丑正在超市选购欧式专用插头，突然接到乔俊的电话：“楚丑，楚丑！快来救救我妈！”

“阿姨怎么啦？”

“我妈工作上出了问题，可能是经济上的问题，我也搞不太清楚。”

“多大数目？”

“我不知道啊！”

“真有问题，就赶紧向组织交代。你要阿姨接电话！”

“我妈不在家。”

“她现在在哪儿？”

“我也不知道。只听见爸爸对她咆哮过后，就再也没有看见妈妈的人影，一天一夜了，我怎么也联系不到她，电话关机，微信不回。我暗地里找遍了妈妈平时可能去的地方，联系了所有可能联系到的亲戚朋友，都没有她的半点音讯，我担心她出事了。”

“阿姨的问题，叔叔清楚吗？”

“我不知道。”

“你别慌乱，我来陪你一起找阿姨。”

楚丑丢下手里一堆出国前需要办理的事儿，飞到了长沙，她知道自己没有资格插手阿姨的事情，也没能力解决已经出现的问题，但她现在特别想帮帮乔俊，和他一起找到他妈妈。

下飞机后，她才发现自己的唐突，她不知道乔俊家住哪儿，现在联系他，更是给他添乱。

她站在航站楼的出口，无助地给乔俊妈妈发了个信息：“阿姨，我是丑丑，我现在在黄花机场出口大厅，我需要您的帮助。”

她焦急地等待着，但她不知道自己在等什么，临时的决定，没有人知道她的行程，当然没有人来接机，下面的行程怎么走，完全依赖乔俊妈妈的信息，她茫然地靠在出站口门边，希望渺茫地继续发信息：“阿姨，我急需您的帮助，您能来接我吗？”

突然，终于收到了一条信息：“丑丑，我回老家了，没能力帮到你，对不起，原谅阿姨。”

楚丑心里一紧，这么远，她跑回老家干什么？

听乔俊说过，他老家是湘西的，爸爸妈妈都是从湘西走出来的大学生，聪明好学，勤奋努力的爸爸妈妈，一直都是乔俊的偶像。他们廉洁奉公，工作踏实，一步一个脚印，从湘西干到了省城。他说他爸妈每次升职，履历都要填一大串，每次搬家，那荣誉证书都得装满几个行李箱。用他爸妈的话说，那都是他们艰辛的足迹，汗水的光辉。

这么优秀的干部，这次到底是什么原因犯了什么错？她跑回老家，是逃跑，还是轻生？眼前仿佛出现了一个恐怖的画面：在一座四面都深不见底的山峦上，平时那么优雅漂亮的阿姨，披头散发，正闭目向山崖跳下……楚丑心里一团乱麻，乔俊说要她救救他妈，她怎么救啊？她能救得了他妈吗？谁都救不了阿姨，也许只有阿姨能救得了自己。所以，唯一的办法就是赶紧找到阿姨，让她回头。

她赶紧给乔俊打了个电话：“乔俊，阿姨在湘西。”

“看来我爸的分析是对的。我正在去往湘西的路上，马上就到湘西了。”在一天一夜寻找无门的情况下，乔俊爸爸痛苦地对他说了一句：“你妈可能回湘西了。你赶紧赶过去，看能不能来得及留住她。”

“爸，你不和我一起去找妈吗？”

“不。我先代你妈去做一件事情。”说完就开车出门了，突然又回过头来交代，“你一定到你外婆家村后的那座最高的山上去看看。”爸爸说，妈妈在最高兴和最难过的时候，都会到那荒无人迹的山顶上放声大叫。

乔俊迎着风雪在焦急和痛苦中狂奔，他担心暴风雪会把他困在高速公路上，他更担心妈妈会做傻事，如果他走慢了，就会再也见不到妈妈了。

楚丑马不停蹄地跑到河西汽车客运站，一边上车一边问乔俊：“你联系到阿姨了吗？”

“没有呢，一直都是电话关机，信息不回。”乔俊一直连接着蓝牙，一路上不停地给妈妈打电话，但得不到妈妈半点消息，“哎？你是怎么知道我妈在湘西的？”

“是阿姨告诉我的，但我再也联系不上了。你赶紧去找阿姨，我随后就到。”

“你在哪儿？”

“我刚上去湘西的大巴。你开车注意安全！”

“好，我找到妈妈就来车站接你。”乔俊的心一下子开阔了许多，他在心里默默地念道：妈妈，别急，你等着我，我来接你了，丑丑也来接你了，我们一起回家，天大的事，我们一起面对。

乔俊走下车来，在路边的小店里买了一支手电，就向山里进发了。

夜的脚步很轻，没有惊动山村里的每一个梦境，雪地很亮，照耀着每一份本能的期待。他深一脚浅一脚地跋涉在黄昏的雪地里，只希望现在的妈妈安全。

北风呼啸，雪越下越大，在越来越浓的夜色里，已经看不清那一朵一朵鹅毛般飘动的雪花，只有寒气袭人。楚丑站在白茫茫的雪地里，对着车站墙角上空那盏微微泛黄的路灯，默默地祈祷：阿姨！你一定要活着回来。

她虽然不知道事情的真相，阿姨到底犯了什么错，她也不知道用什么方法能把阿姨劝回来。如果这次阿姨能回来听她劝说，她宁愿放弃出国深造的机会，潜下心来，好好研究临床心理学，以后帮助到更多像阿姨这样，在崩溃边缘徘徊的人群。

她不敢停顿地跺着接近冻麻的双脚，希望漂亮的阿姨突然出现在她的面前，她相信，漂亮的阿姨一定会迷途知返，她不会，也不应该辜负聪明的自己和爱她的家人，以及这个有恩于她的社会。

一蓑烟雨

细细密密的春雨，像被石磨碾碎了似的，伴随着料峭的春风，飘飘洒洒，无孔不入地落在身体的每个部位，落在地面的每一个坑坑洼洼，轻慢，无声，但湿透身心。

赤脚踩在湿滑滑的泥地上的菊秋爹头戴斗笠，身披蓑衣，双手提筋，张开臂膀，向两边掀了一下蓑衣，勾起脚尖，大跨一步，踏步圆场，开始了他的表演：

穿林海跨雪原气冲霄汉，
抒豪情寄壮志面对群山。
愿红旗五洲四海齐招展，
哪怕是刀山火海也扑上前，
恨不得急令飞雪化春水，
迎来春色换人间！
…………

周围的老老少少都看呆了，眼前俨然就是革命样板戏《智取威虎山》里身披雪披打虎上山的杨子荣。只是菊秋爹身上披着的是笨重的旧蓑衣，任凭菊秋爹怎样使劲抖，蓑衣都飘不起来，远不及身披白色斗篷的杨子荣威武潇洒。

不单是我们小朋友觉得菊秋爹表演得好，好多大人都喜欢看菊秋爹唱戏。虽然我们大部分时间听不懂他唱的是什么，不是京剧，也不是湘剧，当然更不是花鼓戏。但在那个娱乐项目甚少的年代，我们特别喜欢听他唱戏，唱着唱着，他会伸出兰花指，柔软地舞动起来。

我们不明白他一个大男人，怎么会伸出兰花指，更不明白唱着唱着的他，怎么会突然悲伤地流下眼泪。我们好奇地问大人们，他们都说不出个缘由，连与他同年纪的老一辈，也不清楚菊秋爹曾经到底经历了什么。

越是大人们说不清楚的事情，我们小朋友越是好奇，我们就缠着和我们玩得最好的玩伴，菊秋爹的孙子国强，要他去打听他爷爷的秘密。但每次都被他爷爷怼回来了，好长时间没有半点进展。

突然有一天，国强跑来神秘地告诉我们："我爷爷出过国，去过很远很远的地方打过仗。"

"真的假的？"

"那还有假？我亲耳听见我奶奶哭着跟我妈妈说的。"

原来，国强的奶奶也是因为禁不住国强妈妈的软磨硬泡，向自己的儿媳妇吐露了一段不为人知的辛酸历史。

那时候的国强奶奶春秀，正是如花似玉的年纪，经人介绍认识了当年英俊潇洒的菊秋，不久，两人就在亲戚朋友的祝福声中，洞房花烛，拜堂成亲了。在那个不很安定的年代里，婚姻就像押宝，根本没有自己的选择。不管对方是歪嘴兔唇，还是跛脚瞎眼，两个年轻人能被介绍人牵到一起，并且能顺利地完成婚礼，已经是完美人生。

晨光安静地穿透树林，冷冷地洒在山间的茅草屋上，微风无声地拂过，不忍惊扰这片贫瘠的生灵。喜鹊叫醒了羞涩的新娘，她轻轻地爬起来，转头没有看到昨夜的新郎，心里咯噔了一下，立即掀开被子，穿上衣服，急速地在厨房、厕所、院子、菜园子里悄悄地寻找。没有在厕所里，没有在厨房里，也没有在菜园子里寻菜，一大早的，他到底去哪儿了呢?

一连几天，春秀找不到自己的新郎，心里着急，但又不好意思说出来，接下来的几个月，家里亲戚朋友都暗地里四处寻找，还是没有菊秋的音讯。春秀每天以泪洗面，除了侍奉公婆，打理家务，就是无穷无尽地想念丈夫。这生不见人、死不见尸的思念让人煎熬，哭肿的眼睛已经流不出眼泪，而日渐隆起的肚子，更让她苦不堪言。

接下来的临盆生产，在九死一生的关头，她甚至希望老天赶紧把自己捉走，一了百了，不用再面对以后痛苦尴尬的生活。

然而，死神并没有怜悯她，孩子呱呱坠地的那声啼哭，又把她从死亡线上拉了回来，再狠狠地把她推进了生活的深渊。

生活的艰苦、物资的贫乏、精神上的无助，坐月子的春秀生活在水深火热之中，她已经没有别的奢望，只求把这个瘦弱的生命养活养大。

后来的日子，艰难而尴尬，带着婴儿的春秀，不能说是寡妇，家里却没有男人。好心的乡邻劝她改嫁，一些不安分的男人在屋前屋后

◎ 细细密密的春雨，像被石磨碾碎了似的，伴随着料峭的春风，飘飘洒洒，无孔不入地落在身体的每个部位，落在地面的每一个坑坑洼洼，轻慢，无声，但湿透身心

左顾右盼，垂涎三分。她紧紧地抱着自己的儿子，她的儿子是她的盾牌，帮她抵挡一切外来的挑衅。她没有想过自己的未来，但她每天出门劳作，都会把自己收拾得干净利落，她想，要是在出门的路上正好碰见丈夫回来，那该多好啊！

丈夫真的回来了，不过，是在五年后的一天。

那天，她给自己和孩子都换上了干净的衣服，准备带着孩子回娘家。这是她出嫁五年多来第一次回娘家。其实这几年间，娘家多次搭信来要她回去住，她都强忍着，像个犯了错的孩子不敢回去见爹妈。她怕左邻右舍的指指点点，更怕三姑六婆的牵线搭桥，说媒介绍。现在孩子都四岁多了，她实在太想自己的爹娘了，用她自己的话说，真的想吃一口现成的饭菜解解馋了。于是，她冒着有人劝她改嫁的风险，上路了。

上午的阳光清新灿烂，喜鹊在枝头叽叽喳喳，春秀一手牵着蹦蹦跳跳的孩子，一手提着准备了几年的回门礼，她亲手一针一线，为爷爷奶奶爸爸妈妈弟弟妹妹定做的一篮子布鞋。其实她心里五味杂陈，更多的是些许的轻快，那丝丝的期盼也越来越强烈，希望能在路上，突然碰上回来的菊秋。

突然，她停住了脚步，篮子啪地落在地上，她感觉呼吸困难，说不出话来，菊秋？小路那头迎面走来的，真的是菊秋。难道真的是精诚所至，金石为开？

急着赶路的菊秋，没有认出前面站着的这个女人，是与他有一面之交、一夜之情的妻子春秀。他不明白这个满脸涨得通红的女人，为什么这么惊愕地盯着他看。

突然身边的孩子嚷嚷起来："妈妈，妈妈，快走吧！"春秀这才猛地回过神来，拉着躲在身后的孩子，推到菊秋的面前："牛儿，牛儿，快叫爸爸！这就是你的爸爸！"

菊秋望着眼前的娘儿俩，突然明白了一切，思念，激动，心酸，滚烫的泪水，夺眶而出，谁说男儿有泪不轻弹，只是未到伤心处。但他没有一把抱起儿子，也没有牵妻子的手，只是冷冷地问了一句："你们这是要到哪儿去？"

"我准备带牛儿去趟他外婆家，牛儿长这么大还没去过外婆家呢。"春秀急切地解释道，"今天我们不去了，我们现在一起回家做饭吃，下次我们一家三口一起去外婆家！"说完，她不由分说，一把把牛儿放到了菊秋的肩膀上，揽过菊秋的行李，拾起地上的篮子，快乐地往家走。

回到家里，春秀赶紧寻菜，洗菜，烧火做饭。不一会儿，就做出了一桌香喷喷的饭菜，爆辣椒炒油渣，香大蒜炒萝卜条，剁辣椒煮红薯叶，酸豆角打汤，红薯焖饭。春秀帮菊秋抽上筷子，盛上饭，一个劲地往菊秋的碗里夹菜。

但菊秋只出神地望着春秀和孩子，筷子一动不动。

春秀满心欢喜地催道："快吃啊！趁热吃！"

"你今天带着孩子是要去干什么？"

"我先不跟你说了吗？带孩子去看外公外婆。"春秀感觉滚烫的饭菜掩盖不住菊秋冰冷的话语，她明白了菊秋不动筷子的原因。于是，她每一样菜都先夹一筷子塞进自己的嘴里，再给儿子也夹了满满的一碗，"吃吧，你放心，我没有在饭菜里下毒。我要改嫁早就走了，不会等到你回来。"

菊秋慢慢地端起碗来，泪水吧嗒吧嗒地滴在饭碗里，默默地吃完这餐饭。

春秀只字没问：这些年，你去干什么了。

以后的日子平静而辛劳，春秀全身心地爱着这个久违的新郎，菊秋更是倾其所能地关爱着自己的妻子，田里土里，家里家外，什么事情他都一个人揽着，生怕春秀累着，他说，他欠她的，他要用一辈子来还她。相继出生的几个孩子让他们捉襟见肘，但随着孩子的慢慢长大，一家人在一起，苦中有乐，自然平和。

有一天，几个穿军装的人走进村子，把菊秋爹带走，没几天又放了回来。过一段时间，又有人来把他带走，过几天菊秋爹又回来了。每次放回家，他都要紧紧地抱一下妻子。

那几年，抓抓放放，反反复复，连大队干部也说不清到底是怎么回事。渐渐地，军阀、伪军、特务、敌特嫌疑等名称都与菊秋爹扯上了关系。面对生产队里的人的关心询问，菊秋爹从来不解释，他照样地跟着大家一起出工劳动，只是话语比以前更少了。

直到又有一天，上面又来人把菊秋爹接走了，说是庆祝抗战胜利五十周年，要接菊秋爹去开会受奖，菊秋爹是当地真正上过抗日战场仅存的几个人之一。当地政府还准备要菊秋爹去学校给学生上抗日英雄爱国主义教育课，但菊秋爹拒绝了，他说："我算什么抗日英雄，我又没有在自己的国土上赶日本鬼子，再说，我虽然上了缅甸战场，我也没有端枪打过鬼子，我就是每天唱戏给打鬼子的兄弟们看。"

从此以后，菊秋爹再没有挨批斗了，还当上了大队的贫协主席，生产队的贫协组长兼仓库保管员，每天收工以后，他都会提着石灰盒子，在队里的保管室转一圈，在粮仓里的谷物上盖上几个神圣的灰印。

也是从这时候起，队上的人开始看到了菊秋爹的另一面，每天出工中途歇气的时间，菊秋爹就会滔滔不绝讲起他在缅甸战场上的所见所闻，有时还咿咿呀呀地哼戏给大家听。兴起时，顺手拿起锄头扁担当道具，跨步提筋，忘乎所以地演上一段。一张嘴，如飞泉鸣玉，眼神和步子缠绕在一起，兰花手，荷叶掌，握拳如凤头，荣辱沉浮，悲欢离合，尽现其中。

至于菊秋爹为什么没能端枪打鬼子，又为什么一个玉树临风的七尺男儿，会演男旦，菊秋爹只说是长官的命令，我们觉得应该是因为菊秋爹俊俏的面容。而新婚之夜的不辞而别，却是一段辛酸而悲壮的历程。

原来，菊秋爹当年新婚之夜，是被抓去当壮丁了，在那个一寸山河一寸血、十万青年十万军的年代，一批不知所向的年轻人，被强行抓走，塞进了部队，参加了国民革命军。后来跟随部队南下，休整训练后编入国民革命军新编第一军，在抗日战争进入最艰难阶段的时候，为保卫大后方和抗战“输血线”，领命进入缅甸远征日寇，取得了一次次战斗的胜利，谱写了一曲曲可歌可泣的战歌，这就是当时赫赫有名的中国远征军。

中国远征军，一个响亮的名字，因为它，菊秋爹经受了多少血泪与辛酸。新婚之夜被抓，被迫远离家乡，为了抗战，走出国门，在枪林弹雨的夹缝中辗转回国，回到不被认知的家庭和社会，重新开始自己的人生。

用菊秋的话说，他能捡条命回家，已经是人生的赢家。他不在乎人们怎样看他，社会怎样安置他，生活中的风雨他都默默地忍了。他说，比起残酷的战争，这根本算不了什么，他们远征军当年在缅甸牺牲了十余万人，是派遣三十万人数的一半，他们都牺牲在那片遥远的土地上，再也回不来了。

他庆幸自己幸存下来了，他经常跟妻子和孩子说，感恩有国，感恩有家，老百姓有饭吃，能在自己的家里睡个安稳觉，这就是福分。

菊秋爹老了，早已不能下地干活，更舞不动那件象征雨披的老旧蓑衣，大部分时间就是在屋子里颤巍巍地移动脚步，或是坐在妻子的大相框前自言自语，也没有人再关注他嘴里碎碎念叨的过往，他的一蓑烟雨即将成为历史，而且也许不会为人传说。

自搭桥村自搭桥

很久很久以前，有一条名不见经传的小河，绕着连绵起伏的群山，自由散漫地流淌，自西向东，把北山脚下那个住着稀稀落落的山里人家的无名的小山村，与南边大面积水田农家隔断开来，使得小河两岸的村民，只能隔水相望，没有交际，真可谓鸡犬之声相闻，老死不相往来。

虽说是隔水相望，不相往来，但两岸的村民，世世代代都共用着这一河之水，灌田浇园，浆衣洗裳，挑水烧茶，洗菜煮饭，清澈的河水，养育了两岸一代又一代朴实而勤劳的农民。

劳动之余，两岸的村民，偶尔来到河边，把锄头耙头往水边一扔，捧一掬清亮亮、凉沁沁的河水，吸进嘴里，满足地直呼好喝。再顺便把腿上的泥巴清洗干净，然后掏出旱烟袋来，装上一袋自种自切的旱烟丝，望着对面河边棰衣洗被的女人们，美美地吸上一口，惬意而舒坦。

偶尔，两岸的年轻人也会惺惺相惜，隔河丢过去几句生硬粗糙的山歌，聊以慰藉，把河那边的姑娘嫂子们惹得哈哈直笑。那笑声像从哪儿倒出来的一筐银铃，音色清亮，婉转悠扬，就像这潺潺流淌着的河水，能阻隔人的来往，但隔不断两岸村民的心事和声音。

山脚下的年轻人经常有意无意地扔过来几把黄澄澄的酸枣，或是连毛带刺的几球毛栗子，对岸的女孩子们，会毫不顾及形象地抢成一团，开心随意地坐在地上，津津有味地一起分享品尝，当然还是不会忘，给对岸一个甜甜的挥手和纯纯的笑。

日子这样一天又一天地过了一年又一年，姑娘小伙子们长大了一批又一批，清清的河水还是这样无情地流淌着，把河水两边的那一颗颗青春荡漾的心，弄得水火交融，疼痛难忍。

一个月色撩人的夜晚，又有年轻男女来到河边，对歌聊天，互扔礼物，言无尽而意绵绵。对面的男孩实在按捺不住内心的冲动，爬上河边的一棵大树，攀上了树梢，双手抓住树尖，脚使劲一蹬树干，向小河这边纵身一跃，他想借助树枝摇摆的弹力，把自己弹到小河的对岸，牵手他日夜苦恋的美丽姑娘。然而，树枝断了，寂静的夜空里只划过一声绝望的惨叫。

对岸的姑娘随着绝望的叫声，疯狂地一跃而下。

清冷的月光铺洒在河面，不知深浅的河底里没有任何挣扎。河水很快归于平静，一切都没有了动静，也没有人知道刚刚发生的一切。月色溶溶夜，花阴寂寂春，他们终于没有见到自己的意中人。

从此以后，很长很长一段时间，小河两岸的村民，再也不敢到这个河段洗衣挑水，放牛对歌，这个美得让人心驰神往的原始河床，渐渐地被人们遗忘了。

◎ 很久很久以前，有一条名不见经传的小河，绕着连绵起伏的群山，自由散漫地流淌

突然有一天，村里一个老者，说他发现了一件奇特的怪事。大家问他什么事，他说他也说不清，如果全村都同意的话，他愿意带大家一起去亲眼看看。说是这件事太怪了，他要大家结伴而去，而且一定要带着锄头耙头，菜刀锅铲等铁器工具。

当人们浩浩荡荡地跟着老者来到出事地点，原来就是很久很久以前，那两个年轻人约会的地方。人们紧张得赶紧把手里的锄头耙头、菜刀锅铲亮出来。但大家并没有看见什么鬼怪，只是发现，小河边那棵当年不怎么仗义的无名大树，好像并没有再长高，被当时摇断的那个树尖也没有再续，但却有支粗大的树根，横跨小河，坚强地伸到了对岸。

奇了，怪了，村里的人们，祖祖辈辈没有见过这样的事情，树跟自己长到对岸去了，这难道是树神？神树能通过自然的生长，为我们搭起一座通往对岸的桥？这是不是当年那两个为爱而奋不顾身的年轻人的心愿显灵了？

说着都有点瘆人，大家都害怕起来，谁也不敢靠近那根伸向对岸的树根。围观的人越来越多，突然有两个年轻人呼喊着，跑过来：“哈哈，有桥了，有桥了！”直接就从树根上跑了过去，马上又从对岸跑了回来。人们胆子一下子大了起来，都小心翼翼地，争先恐后地，把脚伸向那神奇的树根……

“有桥了！”

“可以过河了！”

“我们终于可以过河去，到村外看看了！”

人们说着，喊着，在树根上走来走去，一同沉浸在欢乐的喜悦之中。

“天意啊！”

“祖祖辈辈几代人都没看见过桥，没想到这树根却自然而然地给我们搭起了一根独木桥！”

两岸的村民奔走相告，都来欣赏这座由树根自己搭起的桥。

从此，这座桥就叫自搭桥，北山脚下那个无名的小村庄也有了自己的名字，就叫自搭桥村。她，就是现在的益阳市赫山区新市渡镇的自搭桥村。

后来，自搭桥村村民凭借自己的勤劳与智慧，紧紧跟上了外界的步伐，自搭桥也随着时代的发展常建常新。从一根独木，只能单行，到几根大木头相拼，可以挑担通过，到石灰泥浆混凝土砌成的石拱桥，手推车，可以从上面嘎吱嘎吱地推着走，再到水泥预制板平铺的石板大桥，板车，手扶拖拉机都能在上面随意穿行。到如今，已经是钢筋水泥铸造的现代化大桥，连接着通往村外的一切交通往来。

撤村合并后，自搭桥村和周围的两个大村合到了一起，但村名还叫自搭桥。

如今，自搭桥村的年轻人，青春四射，放飞自我，恋爱不再受地域的限制，每一处清秀的山水，都是他们相爱的伊甸园。

通过自搭桥，自搭桥村搭上了社会主义新农村建设的快车，年轻人回乡创业，乡村建设加入了现代的元素，他们利用乡村美丽的地理环境，开展生态种植养殖业，建设美丽屋场，开办独具特色的农家乐，不仅丰衣足食，而且生态环保，还借助文化名人周扬故居，开发旅游资源，笑迎八方来客。

正所谓自搭桥村自搭桥。

你正好来

也许是我喜欢瞎赶时髦，抑或是我真的喜欢旅游，一直以来，我都特别乐意把口袋里仅有的几个钱，挥洒在旅行的路上。

雄伟磅礴的名山大川，引人入胜的人间仙境，令人流连忘返的田园风光，哪儿好玩，我就往哪儿跑。那种疲惫了身体，放飞了心情，双眼灌满了异地风情的喜悦，早已习以为常。

而这次无意间的安化云台山之旅，却轻轻地触动了我的心。

沿着资江蜿蜒而上，目之所及，一片葱茏，碧绿的资水缓缓荡漾，两岸青山苍翠欲滴。

走进云台山，一阵山风拂面而来，轻轻的，凉凉的，带着一缕树叶的清香，让人忽然感受到一份久违的轻盈和宁静，完全没有以往旅途的疲倦。

慢慢悠悠地，行走在铺满落叶的林间小道上，走走拍拍，看看停停……还不到半山腰，我就迷失了，不知道接下来该往哪个方向走，去看旅游指示牌上提示的哪个景点：龙泉洞、真武寺、神仙岩、烈士陵园、玻璃栈道、玲珑瀑布、云上茶园……

这时，我遇见了他。温文尔雅的那种帅，并不是特别高大，但不知什么原因，我特喜欢他的谈吐。他说，他算是半个农民，半个文人，一个不怎么成功的商人。他说，他想送我一座山，美丽安静的山，山巅有佛光，山间有茶香，山下洞内小河流淌，山歌悠扬……我蓦然心动，突然觉得他就是我年轻时候特别崇拜、特别想追求的那个人。他说，山上有他的亲人，为了这些亲人，他才又回到了这座山里。

我本没打算一定要爬到山顶，一定要拍到什么美景，或者一定要住到山上，明早看什么日出。但我突然有种冲动，想马上爬上去，领略这云中之山的神秘。

我们穿过鬼斧神工、扑朔迷离的龙泉洞，胆战心惊地移动在那横悬在峭壁的玻璃栈道上，但不敢透过玻璃看山涧的美景，小心翼翼地攀上横跨山谷的索道桥，不知道是吓得不行，还是兴奋得失常，个个都哇哇大叫。

转过一座山头，来到神仙岩，这是一个还没有完工的景点，各位神仙刚刚安放好，还没有进入仙境。远处飞舞的扬尘和混凝土搅拌的声音，让人隐隐有丝担心。

口渴了，走近一个农家，我还没开口，正在土里扯草的老大哥，就热情地要邀我进屋歇歇。人还没进屋，他就大声喊屋里的老婆赶紧泡茶。大汗淋漓的我接过香喷喷的热茶，感觉特别舒服，但我不敢喝，实在太烫了。老大姐一个劲儿地劝我，喝吧喝吧，大热天喝口热茶就不会口干了。还顺手从地上的菜堆里选了条黄瓜，在衣服上擦擦，递给了我。

◎ 高山生云雾，云雾产好茶。也许因为云雾的滋润，雨露均沾，漫山遍野的大叶茶恣意地生长着，每一颗茶芽都圆润饱满，生机勃勃

我小声地问他们：“你们的房子会不会被拆？”

他们咧开嘴爽朗地笑了：“不会不会，领导说了，房子和树木都不动！”

我先还担心，这里的开发建设会不会破坏山里的自然美景，村民们纯净的笑脸和质朴的内心是否会被染上尘埃。看来茶旅人早就为这里的山，这里的水，这里的树木，这里的茶叶，做了最完美的安排。那就是要让美丽的云台山，永远看得见山，看得见水，记得住乡愁。

喝完热茶，咬着黄瓜，继续我的旅行。

越往上走，空气越清新。吸进嘴里，沁人心脾。越往上走，景色越美。悬崖峭壁上，斜枝旁逸，一阵山风吹来，云雾飘然而至，缠绕在幽幽的山间和树上，一瞬间，这座海拔不足一千米的云台山，突然变得云缠雾绕，宛如人间仙境。

来到一片开阔的茶园，那是怎样的美啊！每个人都按捺不住自己的情怀，纵身跳入碧绿无际的茶海中，采摘、拍照、发出“啊！啊！”的诗篇。

高山生云雾，云雾产好茶。也许因为云雾的滋润，雨露均沾，漫山遍野的大叶茶恣意地生长着，每一颗茶芽都圆润饱满，生机勃勃。原来这里就是茶旅人的原生态茶叶基地，云上茶园，世界闻名的，珍稀的大叶茶，就是由采茶姑娘从这里一颗一颗采摘来的。

暮色降临，远处烟雾缥缈的真武寺若隐若现，整个大叶茶山庄，寂静而安详，除了我们下榻这里的几个游客，就只看见袅袅炊烟和几群结伴归巢的小鸟。

但有人告诉我，再过一会儿，这个古老的山村将会沸腾。游客和村民将从四面八方聚集到半山腰，开始激情澎湃的夜生活，有惊险刺激的斗牛表演，俄罗斯帅小伙儿的马术表演，热情似火的篝火晚会。

我没有随大家一起，去看英俊帅气的俄罗斯小伙儿，而是一个人走在山前的青石路上，看不见的月光轻轻地洒在石板路上，让人感觉特别安宁和轻快。山腰里现代生活的热闹和路两边的原始风景，此时都无足轻重，只有脚下的这条路，让人联想到诗和远方。它可能是某一个人童年的上学之路，某一个人月下的恋爱之路，或者某一个人温暖的回乡之路、创业之路。

晚风送来悠悠的歌声，你来得正是时候，你正好在，我正好来……

我想，明天一早，我可能并不会爬上山顶，去看那神奇壮观的日出，但我可能会在这迷人的山上，多住几晚……